魔王《まおう》になったので、ダンジョン造って人外娘とほのぼのする
17
ヒーリングスライム
シィ
ウォーウルフ
リューイン
（愛称：リュー）
ヴァンパイア
イルーナ
羊角の魔族
レイラ
ユキの武器
罪焔《さいえん》
（愛称：エン）
古代龍
レフィシオス
（愛称：レフィ）
勇者
ネル
異世界で
魔王に生まれ変わった
青年
ユキ
フェンリル
モフリル
（愛称：リル）

遺跡探索で見つけたのは
満天の星々が輝く地底世界!

「うおぉ……」

遺跡最深部で待っていたのは神代の存在!?
女神
ガイア
世界そのものたる
『ドミヌス』を唯一
操作出来る存在。

魔王《まおう》になったので、ダンジョン造って人外娘とほのぼのする

MAOU NI NATTA-NODE
DUNGEON
TSUKUTTE
JINGAI-MUSUME
TO HONO-BONO
SURU.

17

著 流優 RYUYU
ILLUST. だぶ竜

口絵・本文イラスト
だぶ竜

装丁
AFTERGLOW

MAOU NI NATTA-NODE
DUNGEON
TSUKUTTE
JINGAI-MUSUME
TO HONO-BONO
SURU.

CONTENTS

プロローグ　日常

俺の家族は、増えた。

妻の、レフィ、ネル、リュー、レイラ。

妹みたいなものであり、娘みたいなものでもある、イルーナ、シィ、エン、レイ、ルイ、ロー。

ペット軍団の、リル、オロチ、ヤタ、ビャク、セイミ。

リルの家族であり、近しい親戚《しんせき》と言える存在の、リル奥さん、セツ。

そして、我が子のリウ、サクヤ。

多くの家族がいて、騒がしくも楽しい日々である。

子供達が生まれ、慌ただしい毎日が続いていたが……そろそろその生活にも、慣れてきた。

俺達に子供がいること。それが、もう我が家の日常なのだ。

最初は子育てというものに、不安も抱いていたが、まあ何とかなるものである。

つっても、大変なのはここからかもしれないがな。

それでも……今の俺達ならば、何が起きても協力してやっていけるだろうと思うのだ。

家族というのは、こういうものなのだろうと思うことが出来るようになった、今の俺ならば。

「リウ、サクヤ。お前らは体温高いなぁ」

俺は、我が子達をあやしながら、その肉体が放つ熱を肌で感じ、笑みを溢《こぼ》す。

これが、我が子達の生きている証《あかし》だ。

命。

それを今、俺は強く感じている。

命があるというのが、どういうことなのか。

生きるということが、どういうことなのか。

上手《うま》く言葉には出来ないが……俺は、この子達を通じて、それを少しわかったように思う。

俺も、少しは『親』になれたということだろうか。

「くぅくぅ！」

と、二人と遊んでいると、玄関の方から白い毛玉、セツが現れる。

リルではなくリル奥さんの方が扉の向こうで「あとは頼みます」と言いたげな感じで軽く頭を下げており、どうやら遊びに来たらしい。

「おー、セツ、遊びに来たのか」

「くぅ！」

セツはご機嫌に尻尾《しっぽ》を振りながらそう鳴くと、ててて、と歩いて胡坐《あぐら》を掻《か》いていた俺の膝《ひざ》の上に収まり、そしてペロペロと顔を舐《な》めてくる。

「はは、よしよし」

セツの身体《からだ》をわしゃわしゃと撫《な》でてやっていると、我が子達もまたセツが来て嬉《うれ》しかったらしく、

わかりやすくテンションが上がる。

「あうぅ！　いよぉ！」

「うおぉ！　うぅ！」

「くぅ！　くぅくぅ！」

セツは俺の腕の中から抜け出して二人の下に向かい、ペロペロとその身体を舐めたり尻尾ビンタしたりと、楽しげである。

うむ、そのまま家族として、仲良く育つんだぞ、お前ら。

「お、セツが遊びに来ておるのか？　――って、あぁ、あぁ。またセツの唾液《だえき》まみれになっておるな」

「くぅ！」

「これこれ、全く、しょうがないのぉ」

挨拶《あいさつ》するかのように、己の足元に来て身体を擦《こす》り付けてくるセツに、レフィはやれやれと言いたげながらも楽しそうに撫でる。

大体の野生生物はレフィから逃げ出すが、セツだけは全然へっちゃらで、普通に懐いている。

やはり、彼女が生まれたての頃から知っている相手なので、怖いとかそんな思いは全く浮かばないのだろう。

ひとしきりレフィに構ってもらったことで満足したのか、セツは我が妻から離れて再びリウ達を構い出し、そしてレフィはストンと俺の胡坐の上に座る。

「おい、重いぞ」

「お主は儂《わし》の夫じゃろう？　ならばその重さくらい許容せい」

そんな軽口を叩《たた》き合いながら、俺は軽くレフィを腕の中に抱き、そのまま二人で赤子の面倒を見る。

こうして家族と過ごす何気ない時間の大切さが、今の俺ならば、わかるのだ。

第一章　二人の成長

エルレーン協商連合での旅行が終わり、少し経《た》った。

再び俺達は日常に戻り、イルーナ達は学校へ。

大人組はリウとサクヤの世話をして過ごす一日となり、俺はペット達の様子を見てダンジョンの様子を見て、時折ローガルド帝国の方の魔物状況を確認し、という日々だ。

またその内旅行には行くつもりだが、まあしばらくはダンジョンでゆっくりするだろう。

……仮に月一とかで旅行に行って、その度にサクヤに変なものを見つけられても困るし。

もう神シリーズの武器はいらないからな。いや、マジで。

とにかく、そうしていつもの日々を過ごし始めた俺達だったが——一つ、変わったものがある。

リウが、ハイハイが出来るようになったのである。

「きゃーっ、かわいいー！」

お前女子高生か、と思わんばかりの歓声を溢《こぼ》しているのは、ネル。

ただ、それも仕方ないだろう。

暴走機関車が如《ごと》く元気いっぱいにぐるぐる部屋を探索していたリウが、最後に母親達の下へと向かったかと思いきや、リューにトン、とぶつかって、にへらっと楽しそうに笑ったのだから。

「あはは、もー、この子は元気いっぱいっすねぇ。まさに獣人族って感じっす」

足元のリウを抱っこするリュー。

「あぅ！」

ご機嫌なリウは、母親に抱っこされて喜びながら笑い、ただどうも、まだハイハイがしたかったようで、「あっ、今はハイハイするんだった！」みたいな感じで身体《からだ》を捩《よじ》って手足をばたつかせ始める。

リューは苦笑しながら下ろしてあげ、すると再び、爆走ハイハイ赤ちゃんへと戻るリウ。

己の移動可能範囲が広がったことが、どうやら本当に楽しいらしい。

「活動的じゃのー、良いことじゃ。きっと身体が強くなる」

「そうですねー。きっとリューも、赤ちゃんの時はこんな感じだったのでしょうねー」

「うむ、リウはもう現時点で、あらゆる面でリュー似なんじゃろうなと感じるの」

「……ウチもそう思うっす。ウチみたいにならないように育てなければ……そうっすね、目指すはレイラみたいな子っすね」

「あら、ふふ、嬉しいですねー」

「えー、僕はー？」

「儂はー？」

「ネルは最近、色々過激派で、ご主人に似ちゃってるんでダメっす。レフィは、度胸があってカッコいいっすけど、でも思考回路がやっぱりご主人に似過ぎてるんでダメっす」

「ぶー、別に過激じゃないもんねー」

「アイツ今、遠回しにリウが俺みたいにならないようにしたいって言わなかったか？」

「残念じゃが、彼奴《あやつ》の言葉を儂は否定することが出来んな……」

「お前、俺を貶《おとし》めるためなら、自分が貶められても別に良いんだな」

「一蓮托生《いちれんたくしょう》とはそういうことじゃろう？　安心せい、お主がどれだけちゃらんぽらんな阿呆《あほう》でも、儂らは妻でいてやろう。子供にはお主に似んよう強く言い聞かせることになるが」

「良いこと言ってる風で最後に刺してくるのやめてくんない？」

また、そうやってリウが動けるようになって、一番嬉しそうだったのが、実はセツである。

「くぅくぅ！」

ぶんぶんと尻尾を振って、動き回るリウに一緒に付いて行き、追い越したり、ぐるぐる周りを回ったり、身体を擦《こす》り付けたりしてじゃれるセツ。

リウもセツを追いかけたり、尻尾ビンタに何だか嬉しそうな顔をしたり、途中全く別のものに気を取られてそっちに行ったりと、自由気ままである。

うむ、目が離せん。セツより目が離せん。

リウの手が届く範囲にはなるべく物を置かないようにしているが、如何《いかん》せん我が家は人が多く、それ故に物も多い。

あと、手が届かないとは思うが、変に扉を弄《いじ》って、外に出てしまう可能性もある。……簡易的な柵《さく》でも用意するか。

と、一人と一匹の様子を見守っていると、彼女らは最後に、レフィの近くでおもちゃで遊んでいるサクヤの下へと向かう。

サクヤは最初、姉達に付いて行こうとしたものの、まだハイハイが出来ないせいで付いて行けず、諦《あきら》めておもちゃで遊んでいたのだが、そこへ逆に二人の方が行く。

「くぅ！」

セツが「一緒に遊ぼう！」と言いたげにサクヤをペロンと舐め、サクヤは涎《よだれ》でベトベトにされながらも、おもちゃから手を離して楽しそうにセツを撫で始め、そこにリウも参加して仲良く遊び始める。

「カカ、仲が良いの、この子らは。自分達が姉弟《きょうだい》だとしかとわかっておるよな」

「な。リウの方は、もう自分が姉だって、しっかりわかってそうだ。セツも、ありがとな。二人の面倒見てくれて」

「くぅ！　くぅくぅ！」

セツは、「群れの仲間だからね！　仲良くするのは、当たり前だよ！」と言いたげに鳴き、毛づくろいをするように、二人の顔や頭をペロペロと舐める。

はは、あとで風呂《ふろ》に入れなきゃだな。

そうして俺達は、姉弟達の様子を見ながら、皆でのんびりと過ごす。

ん……お茶が美味《うま》いな。

◇　◇　◇

その日、俺はリウとサクヤの二人を抱っこして、最近見ていなかった幽霊船ダンジョンを訪れていた。

二人に、海を見せるためだ。

甲板には、レフィと、そしてリルとセツも共にいる。セツも海は見たことないはずだからな。

「どうだ、リウ、サクヤ。これが海だぞー！　綺麗《きれい》なもんだろ？」

俺の問い掛けに、サクヤは珍しい光景に目を輝かせ、大海原に見入っていたが、リウはどうやら海の臭いが慣れないらしく、むずかり始める。

うむ、このままだと間違いなく泣き出すな。

そう言えばリューを初めてここに連れて来た時も、「海の臭いが慣れない」って言ってたっけか。

鼻の良い獣人ならではの問題だな。

「あぁ、あぁ、そのままでは泣くぞ。ほれ、リウは任せよ」

「おう、頼むわ」

俺からリウを受け取り、あやし始めるレフィ。

ぶっちゃけこうなることは予想しており、どっちか泣くだろうなとは思っていたので、コイツにも付いて来てもらって正解だった。俺があやしても、全然泣き止《や》んでくれないので。

「お、見ろ、サクヤ。あれがサメだぞ、カッコいいよな。ただ、今泳いでるのは父ちゃんの配下だから襲われる心配はないが、他のとこでサメを見たら逃げなきゃダメだからな？　昼とか深夜とかにやってるB級映画みたいになっちまうからさ」

「……あのような鮫《さめ》がそこらで泳いでおるものか」

呆《あき》れたように呟《つぶや》くレフィ。

うん、まあ、スケルトン・シャークだからな、今下で泳いでんの。

日曜洋画劇場『スケルトン・シャーク～逆襲～』。始まりません。

コイツらは、俺が幽霊船ダンジョンを受け継いだ時、そのまま俺の配下になったアンデッドだ。

俺の「幽霊船ダンジョンを守れ」という指令を忠実に守る、餌要らずの番犬……番鮫である。

幽霊船ダンジョンの中にも骸骨《がいこつ》とかゾンビとかが待機しており、コイツらには意思と呼ぶべきものがほとんど存在しないため、俺が面倒を見る必要は全くと言って良い程無い。

無いのだが、時折様子を見に来るようにはしている。

アンデッドは嫌いなのだが……一応、俺の配下になったヤツらだからな。可愛《かわい》がってはやらんと。

「おうお！　あぅう！」

「あー、アイツらはダメだぞ、サクヤ。俺の配下ではあるが、リル達とは違うんだ。下手に手を出したら食われちゃうかもしれないぞ？」

「ぶぁう……」

骨鮫に興味を引かれたようで、両手を伸ばしてそっちに行きたがるサクヤだが、流石《さすが》にアイツらと交流させる訳にはいかないので、諦めさせる。

リウもサクヤも、『マップ』上ではしっかりと味方を示す青点……つまりダンジョンから味方であると判断されているはずなので、攻撃されたりすることはないと俺も思っているが、ちょっと不安だ。

もう少し大きくなってからだな、骨鮫と関わらせるのは。

「くぅくぅ！」

と、一緒に連れて来ていたセツが尻尾《しっぽ》をブンブンさせながら、「お船の中を見てみたい！」と元気良く鳴く。

「おう、いいぞ。けど、こっちは結構危ないから、リルと一緒にな。リル、中を案内してやれ」

「クゥ」

リルは幽霊船ダンジョンの管理にほとんど触っていないが、それでも内部構造はもう熟知している。

コイツはもはや、ダンジョンの一モンスターではなく、はっきり言って俺と同じ『管理者』の立場だ。

で、真面目なので、俺のダンジョン領域がどうなっているかは把握しておきたかったらしく、幽霊船ダンジョンの中も一通り歩いて覚えているのだ。

「くぅ！」

「クゥ、クゥ」

セツは「お父さん早くー！」と言いたげな様子で、ててて、と走って行き、リルは「わかったわかった、あまり走り回るな。魔境の森とは別の意味で危ないんだ、ここは」と注意しながらダンジョンの中へと入って行った。

「カカ、彼奴も親になったのぉ。まあ、ユキという問題児の世話をしておったから、そういう意味では慣れておるのかもしれんな」

「いや、言ってアイツ、娘にも結構振り回されてるけどな。セツはもう、立派なお転婆娘だし」

「父となっても苦労性は変わらず、か。カカ、大変じゃのう、彼奴も」

頑張れリル。

ダンジョンの明日はお前に掛かっている。

「そうだレフィ、今日はせっかくだし、海辺でバーベキューにするか。イルーナ達が帰って来たら、すぐビーチで食えるよう、準備しよう。リル一家も呼んで一緒にさ」

「お、いいの！　あの子らも喜ぶ。ばーべきゅーをしながらの酒は、美味いんじゃよなぁ……」

「はは、わかる。いつもより酔いが回って、美味いんだよな。普段あんまり飲まないレイラとかも、ベロンベロンになるしさ」

いやはや、プライベートビーチがあるということの素晴らしさよ。

気が向いたら海辺でバーベキューが出来るというのは、人に自慢したくなる贅沢《ぜいたく》さだな。

何故《なぜ》、人はバーベキューを求めるのか。

何故、家で食べるよりも大自然の中で食べると美味いのか。

そこには確かに、真理があるのだ……知らんけど。

「そうと決まったら、戻って食材の準備をせんといかんな！　我が家の皆が食べる量となると、今から下ごしらえせんと間に合わん」

「オーケー、そうするか。今日は肉と海鮮、どっちメインにする？　魚食いたいなら、俺今からローガルド帝国の魚市場行ってくるぜ」

「ふむ……悩ましいの。お主の影響で、儂《わし》らも相当海鮮が好きになっておるからの。……うむ、両方用意しよう。その方がイルーナ達も喜ぶじゃろう。儂らがこちらで肉と野菜の用意しておくから、お主は好きな海鮮を買って来い」

「そうだな、それが良いか。よーし、バーベキューだぞ、リウ、サクヤ！　二人はまだ食べられんが、一緒に楽しもうな！」

リウは、よくわかっていなそうな様子で耳をピコピコ動かし、サクヤもよくわかってはいなそうだったが、俺達がご機嫌だということを感じたのか、楽しそうに笑っていた。

◇　◇　◇

学校が終わり、イルーナ達が帰宅すると、大人組が「おかえり」と言いながら、何やら準備している様子が窺《うかが》える。

それは、多くの食材の用意だったり、普段はユキのアイテムボックスの中にしまわれている、幾つかのキャンプ用品だったり。

その様子に、イルーナ達はピンと来る。

「うわぁ、今日バーベキュー⁉　やったぁ！」

「おー！　みなぎってきたぁ！」

「……漲《みなぎ》るのは食べてからだと思う。でも気持ちはわかる」

ちなみに、一緒に学校へ通っているレイス娘達は、魔王城に帰ってきたところで別れたので、もういない。

が、基本的には物を食べない彼女らも、バーベキューは普通に楽しめるはずなので、あとで呼びに行こうとイルーナは胸に留める。

「おう、お前ら。そう、今日はバーベキューだ。リウ達に海を見せたら、やりたくなってな。しっかり海鮮も買って来たぞ。ほら見ろ、新鮮な魚だ！　勿論《もちろん》肉もあるぜ！」

とりわけユキが好きなため、事あるごとにバーベキューが行われる魔王一家であるが、その影響でイルーナ達もバーベキューが大好きである。

肉、野菜、魚。ビバ、バーベキュー。好きなものを好きなだけ食べられるというのは、この上ない幸せなのだ。

「うおー、美味《おい》しそー！　よーし、わたし達も手伝うよ！」

「うし、それじゃあビーチの方行って、テーブルと椅子、用意しといてくれないか？　いつもの折り畳み式のヤツだ。あっちにはもうリル達が待機してるからさ。あ、火の方はやんなくていいからな」

「わかった、任せて！　みんな、準備するよー」

「バーベキューのいいところは、準備でワクワクするところ！」

「……いざ、食の楽園に向けて」

そう言って少女組は、学校の荷物等を片付けた後、出してあったテーブル等を持って扉を開く。

慣れた手付きでドアノブを操作し、繋《つな》がる先を変え、向かったのは砂浜。

広がる、透き通る美しい海と、白い一面の砂。

ここがどこなのか知らないし、何ならユキも知らないが、イルーナ達にとってもおなじみとなった場所である。

もはやここも、我が家の一部として認識している彼女らだが、ただ草原エリアと違って、どちらかと言うと魔境の森に近いような場所なので、残念だが彼女らだけで遊びに行くことは許されていない。

実はイルーナ達が、学校で魔法などを学ぼうとするモチベーションの一つである。

魔境の森はともかく、それ以外の場所にある我が家の範囲くらいは、大人組がいなくても自由に行き来出来るようになりたいという思いがあるのだ。

「リル、セツ、ただいまー！　リル奥さんも、こんにちは！」

「ただいまとこんにちは！」

「……ただいまとこんにちは。一緒にバーベキュー、楽しもう」

「クゥ」

「クゥウ」

「くぅくぅ！」

先に来て周辺の魔物の様子を確認していたリルとリル妻は普通に挨拶《あいさつ》を返し、セツはいつも遊んでくれる少女組が来たことで、嬉《うれ》しそうに彼女らへと突撃していく。

「わっ、はは、もー、セツはどんどん身体が大きくなってるから、そうやって飛び掛かられたら倒れちゃうよー」

「くぅ～？」

「そう、今日はバーベキューするの！　――って、セツはバーベキューはまだしたことなかったね」

「ばーべきゅーはね～、たのしいよ！　いっぱいおにくたべて、おさかなもあって！」

「……舐《な》めてはいけないのが、焼き野菜。焼き野菜はとても美味しい。そんなに野菜が好きじゃないイルーナなんかも、焼き野菜ならいっぱい食べる」

「べ、別に普段も野菜食べるもん！」

「おやさいおいしいのにね～」

そんなイルーナ達の言葉を聞くにつれ、セツの尻尾の振られる速度が、期待からかどんどんと増していく。

「くぅ！」

「手伝ってくれる？　ありがと、セツ！　あ、でも、どうしようかな～。セツに何手伝ってもらったらいいかな……？」

元気いっぱいに「準備、手伝う！」と鳴くセツだが、流石に何を頼もうかとちょっと悩むイルーナに、リルが助けるように鳴く。

「クゥ」

「ホント？　わかった、じゃあセツ、お父さんと一緒に、この辺りのパトロールをお願い！」

「くぅくぅ！　くぅ〜、くぅ！」

「クゥ」

セツは、「任せて！　お父さん、早くー！　お母さん行って来ます！」と鳴いて駆け出していき、リルは「お前、こちらは頼んだ」と妻に言って娘に付いて行く。

なお、この辺りの生態系の頂点には、すでにリルが立っているので、周辺の魔物は襲ってくることはない。

それどころか、リル達の気配を感じ取り次第、即座に近くから逃げ出していくので、実際のところパトロールの必要は欠片《かけら》も無いのだ。

張り切っているセツだが、正直おっちょこちょいなところがあり、このままだと何か壊しそうな気がしたため、それを回避するためのリルの方便である。

リル妻も夫の思惑がわかっていたので、笑って二匹を見送り、それからイルーナ達に「さあ、準備なら私も手伝いましょう」と鳴く。

「ありがとー！　それじゃあ、私達がテーブルと椅子、組み立てるから、それをあそこに並べて欲しいな！　リル奥さんも、一緒にバーベキュー楽しもうね！」

「クゥ」

「よーし、準備するぞー！　おにく、たのしみだなぁ～！　リルおくさんは、なにがすき？　シィはね～、やっぱりおにく！」

「……フェンリルなんだから、リル奥さんもお肉が好きに決まってる。お肉があれば、世は事も無し。けど、海鮮も美味しい。マグロステーキは最高」

「海鮮なら、おにいちゃんが好きな、おっきなアサリが私は一番好きかな～。醤油《しょうゆ》とバターで味付けしたやつ！　リル奥さんにも食べてほしい――って思ったけど、フェンリルサイズの貝が無いか……」

「あー、あれ美味しいよねぇ！　なんだか、ぜいたく～ってかんじのあじで！」

「クゥ、クゥ」

少女組の言葉に笑みを浮かべながら、リル妻は「フフ、小さなものでも大丈夫ですよ。せっかくなので、皆さんが好きなものは一通り食べてみたいですね」と鳴く。

のんびりする日と、騒がしい日と。

リル妻にとって、ここに来てからの日々は、本当に充実したものとなっている。

フェンリルであれど、野生で生きることは辛《つら》く、一つ間違えれば死に至る。

実際彼女は、魔境の森へはほぼ瀕死《ひんし》に近い状態でやって来ている。

だが、この少女らと共に過ごすようになってからは、そこに確かな平穏があるのだ。

夫が仕える、家族。

いや、もう……自身にとっても、彼女らは群れの仲間と呼ぶべきだろう。

「……クゥ」

「ん？　何だって、リル奥さん？」

「クゥ、クゥ」

リル妻はニコッと笑い、可愛い人の子らと共に、バーベキューの準備を進めた。

◇　◇　◇

「よし、それじゃあ……特に何かある訳でもないが、何にもない素晴らしい一日に、乾杯！」

『乾杯！』

俺達はグラスを掲げ、それからワイワイと食べ始める。

「ここからここまで、シィのりょういき～！　おにくキングダムの、建国をせんげんするよ！」

「……それなら、ここからここまでは、エンの領域。我らが海洋帝国、この進撃を阻む者無し」

「もー、二人とも、ちょっと意地汚いよ？　お肉もお魚も、それこそ食べ切れないくらいいっぱいあるんだから」

「もちろんシィも、ゆーこーじょうやく？　を結ぶことは、やぶさかじゃないよ！　いまはね、タレをぬった、トウモロコシさんがたべたいところ！」

「おっ、この焼きとうもろこしに目を付けるとは、お目が高いぜ！　よろしい、ならばシィよ、我が焼き野菜王国と友好条約を結び、貿易を行おうじゃないか」

「……海洋帝国も、是非ともその条約に参加したい。三国で強固な同盟を結ぶことで、安全保障を増し、国力を増大させることが可能になる。アスパラ食べたい」

「カカカ、では我ら一市民は、労働することで報酬を頂くとするかの。どれ、どんどん焼いてやろう！」

「みんな、しょうがないなぁ……それじゃあわたしは、国家間貿易を行うやり手の商人として、流通を一手に担うよ！　ある程度、私腹を肥やさせてもらうけど！」

「あくとくだー！」

「……悪徳商人」

「悪徳じゃないですー。企業努力ですー」

「あはは、イルーナ達は、どんどん言葉遣いが巧みになっていくねぇ」

「本当っすねぇ。流石、レイラの里で学んでるだけはあるっすよ」

「フフ、けれどそれは、彼女らがしっかり意欲的に勉強に取り組んでいるからこそですよー」

「シィは、意味はよくわかってないけどね！」

「……威張って言うことじゃない」

俺達は笑い、パチパチと爆《は》ぜる火を囲み、ジュウジュウ焼ける音を聞き、バーベキューを楽しむ。

酒が進む。

ちなみに、本来はリウとサクヤを楽しませるためのバーベキューでもあったのだが、準備の段階でテンション高めの俺達に釣られて二人ともちょっと興奮しており、「おうよ！　あぅ！」「あぶぅ！　うあう！」と元気だったものの、そのせいで実際にバーベキューを始める段階になったら、電池切れのようにコテンと眠りに就いてしまった。

今も、各々のベビーカーの上で、スヤスヤと眠っている。

まあ、二人が本格的にバーベキューを楽しめるようになるのは、もうちょっと先だな。これぱっかりはしょうがない。

今は、レイス娘達がふよふよと周囲を漂い、魔力食材をポリポリ齧《かじ》りながら、様子を見てくれている。

俺達もそれとなく二人の様子は確認しているが、ありがたいもんだ。あの子らも、しっかりお姉ちゃんになって来たな。

「どうだセツ、美味いか？」

「くぅくぅ！」

俺の言葉に、リルが焼いた特大肉をガツガツと食べていたセツは、尻尾《しっぽ》をブンブン振りながら「さいこー！」と返事をする。

「はは、口周りがベタベタだな。ま、いっぱいあるから、好きなものを好きなだけ食べていいぞ！何たって、バーベキューだからな！」

「くぅ！」

「クゥ、クゥウ」

セツの頭をクシャクシャと撫《な》でてやっていると、リル奥さんがニコニコしながら「今日はお呼びいただき、ありがとうございます」と言いたげに鳴く。

「いやいや、これは俺達がやりたかっただけですから。それにこういうのは、数が多い方が面白いってもんですし」

「そうじゃぞ、リル妻よ。我が家では事あるごとにばーべきゅーをするからの。お主らにも慣れてもらわんと」

「リルなんて、慣れ過ぎてもはや自分で肉が焼けるからな。器用なもんだ」

「クゥ」

笑って「ここでの暮らしももう長いので」と答えるリル。

リルは獲物の解体から始まり、血抜き、火起こし、焼き肉、何なら簡単な調理まで出来る。器用に爪と口を使って、適切な量の調味料を掛けるということが出来るのだ。

無理な動きは俺達の方で代わってやることで、今ではもう将棋とかチェスに始まり、人生ゲームなんかも一緒に出来るからな、リルは。

しかもコイツは超賢いので、真面目に勝負しないと普通に負けることになる。

ペットに負ける飼い主、という非常に情けない状況が当たり前に発生するのが、我が家だ。

リル奥さんの方も器用だとは聞いているので、その内一緒に遊べる日も来るだろう。

恐るべきは、フェンリルという種の優秀さか。セツにも、もうちょっと大きくなったら、その辺りのボードゲームの遊び方を教えてみるとしよう。

「……リル奥さん、これが、エン達の好物。絶対美味しいから、食べてみて」

「あっ、それなら、シィのおすすめのおにくも、たべてほしいな！　おにくはねぇ～、タンがおいしいよ！　薬味がのった、タンが！」

最近思うんだが、シィの食事の好み、結構渋い気がするんだよな。

いや、確かに薬味の載ったタンは美味いんだが。焼き肉には欠かせないわ。

ちなみに俺は、肉の部位だとモツが一番好きである。モツ鍋《なべ》とか超好き。

「それならわたしは、さっきも言ったデカアサリを食べてほしいな！　ほら、これとか今、多分良い感じだと思う！」

融《と》けたバターと醤油で、良い感じにジュワァと焼けている……というか、沸騰しているデカアサリ。

俺がメチャクチャ好きなので、バーベキューをやるとなったら必ず買ってくるのだが、その影響かイルーナはこれがかなり好きだ。

まあ、嫌いな奴《やつ》の方が少ないだろう。大人組も大好きだ。

酒に超合うからな！

「何だお前ら、好物の話でもしてたのか？」

「うん！　あのね、さっきリル奥さんにわたし達の好物を教えてあげるって話をしてたの。バーベキューは美味しいものいっぱいだから、それを食べて欲しいって思って。セツも、せっかくだからわたし達の好きなもの、紹介してあげる！」

「くぅ～？」

「セツ、見て、これがアサリだよ！　とっても美味しいから、食べてみて！」

「くぅ～……くぅ！」

「クゥ」

イルーナ達が持ってきた美味しいものの数々を、どうやらセツとリル奥さんも気に入ってくれたようで、「美味しいね、お母さん！」「えぇ、本当に」といった会話を交わす。

うむ、気に入ってくれたなら何よりだ。

さっきレフィも言っていたが、我が魔王一家では事あるごとに——いや、別に何にも特別なことが無くとも気分でバーベキューをやるから、是非とも楽しんでもらいたい。

「人生とはバーベキュー、バーベキューとは人生……これもまた、一つの真理……」

「こんがり焼けそうな人生じゃな」

「美味しそうだね」

「ご主人、何でもないような顔して、実は大分酔ってきてるっすね？　ま、でも、大丈夫っすよ！　酔って寝ちゃっても、ウチらが面倒見てあげるっすからね！」

「そうですねー。人生とはバーベキューで燃え上がる火のようですねー。この火はそんなに燃え上がったりしませんがー」

「うむ、レイラも大分酔っておるの。いつも以上に言動がフワフワじゃ」

「あはは、それじゃあ僕も、もっとお酒飲もー！　はいレフィ、かんぱーい！」

「はいはい、乾杯。ほれ、肉が焼けたぞ。食うか？」

「食べるー！」

「みてみてー！　やまもりおにくの、おにくどん！　んー、幸せー！」

「……おー、エンもお肉丼やる。エンはそこに、マグロのカマとプリプリのエビも追加。名付けて、贅沢丼《ぜいたくどん》」

「ふふーん、二人は甘いね！　せっかくのバーベキューなんだから、白米でお腹《なか》いっぱいにしちゃうのはもったいないよ！　だからわたしは、白米はちょっとだけで、お肉の方いっぱい食べちゃうもんね！」

「……むむ、流石やり手の商人。その意見には一理ある」

「えー、でも、ごはんいっぱいたべられるのも、幸せだからな～」

「あれじゃな、お主らはほんに、もう我が家以外では生きていけんな。まあ、儂《わし》もそうなんじゃが」

「白米無いもんね、外だと。基本的に主食、どこもパンだし」

「あと、忘れちゃいけないのが、調味料っすよ、調味料。食材より何より、普通はこんな風に無尽蔵に調味料なんて使えないっすから」

「しかも種類豊富ですからねー、我が家の調味料。食材もそれも大量にあるおかげで、お料理が楽しいというものですよー」

「おうレイラ、使いたいものがあったら何でも言ってくれな！　すぐ用意するからさ」

「フフ、ありがとうございますー」

「外で暮らさないからいいもーん！　わたし達のお家《うち》はここだから！」

「よしんばでても、旅行だけだね！」

「……ん。それに、そういう時は主《あるじ》に白米出してもらう。ね、主」

「はは、あぁ、勿論《もちろん》だ！　一年分でも二年分でも、どれだけでも用意してやるぜ！」

「親バカじゃのー」

俺達は、バーベキューの火に照らされながら、夜の浜辺でのひと時を共に過ごす——。

◇　◇　◇

ある日のこと。

「お前のその耳、本当に可愛いなぁ」

「あぅう、うぅ！」

さっきまで爆睡だったのだが、目を覚ましてしまったリウを、俺はあやす。

ちょいちょいと耳を弄ってやると、嬉《うれ》しそうに笑って手足をばたつかせる我が娘。天使か。

リウはもう、大分感情表現が出来るようになった。

おもちゃでも、叩《たた》いたりつまんだり転がしたり噛《か》んだりなど、しっかり認識して遊ぶことが出来るようになっており、俺達の方が見ていて飽きない。

身体も大きくなってきたし、ハイハイも出来るようになったし、我が子の成長著しいことこの上ないだろう。

いやはや、セツの成長も早かったが、こうして見るとリウとサクヤの成長もやっぱり早いように思う。生活リズムも整ってきて、昼夜関係なかった一日のサイクルも、もうほとんど俺達と同じものになってるしな。

我が子の成長は嬉しいが、しかしどんどん大きくなるのが寂しいような、二律背反な気持ちだ。

このまま成長して、しっかりと意思疎通が出来るようになってほしい。だが、小さく可愛い、この赤ん坊という状態の彼女達の世話をもっとしていたいという気持ちも、胸の中にあるのだ。

まあ、サクヤ並に振り回されるとちょっと困ってしまうのだが、リウくらいならただただ可愛いものである。

我が息子はもう、大したモンだ。あれだけ大人を振り回す赤子というのも、なかなかいないだろう。末恐ろしいというのは、アイツのためにあるような言葉だな。

ただ、サクヤよ。残念ながら我が家は女所帯だ。

お前には母が四人と、姉が七人と一匹いる。大きくなったら、きっとお前はおもちゃにされるだろう。振り回す側から振り回される側になるのは確定事項だ。

強く生きろよ……。

「リウ、ウチの家族は変なのがいっぱいだ。特殊属性持ちばっかりで、弟のサクヤも相当特殊だ。むしろ、サクヤは我が家で一番かもな。ただ……お前は普通の子だ」

魔王の血は継いでいる。

だが、それだけだ。俺の血とレフィの血を継いで、なんかおかしな風に超進化してしまったサクヤとは違う。

「けど、そんなことを気にする必要は一切ないからな。身体の特殊性は、物珍しいだけでそれ以上の意味を持たない。『珍しい』って情報があるだけだ。大事なのは、持ってる手札で何を為《な》すのか、だぜ」

この世界を生きて、今は特にそう思う。

俺は、色んなヤツを見てきた。

能力は凄《すさ》まじいのにポンコツの龍から始まり、頭脳一つを武器として使い、ついには世界の盟主とでも言えるだけの立場となった魔族や、覚悟と決意を以《もっ》て、祖国のため世界を相手に戦争を起こした人間。

他にもまだまだ色んなヤツらがいたが、そんな彼らと比べて俺は、『魔王』というとりわけ強い肉体を持って、生まれることが出来た。

レフィとかの超生物は抜きに考えるとしても、それは他者よりも強いカードなのは間違いなく、俺が今日まで生きることが出来たのも、その力のおかげだ。俺がただの一般人だったら、とっくにくたばっていたことだろう。

しかし……それだけではダメなのだ。そんな身体的優位は、手札が一枚か二枚多いというだけでしかない。

それでも十分に強いのは強いが、ただ強いカードをポンと場に置いただけで勝てる程、世界とは単純じゃないのだ。

俺は、そのことを痛感した。だから、足りない頭を捻《ひね》ってどうにかこうにか知恵を絞り、あるいは知恵ある者に力を借りて、今日までを生きてきたのだ。

ヒトという種において、一番の武器は『考えること』じゃないかと、最近思う。

足りないのならば、どうすれば足りるのか考える。

これ以上手札が増えず、それが乏しいのならば、カードの切り方を工夫して戦う。

無いものは無い。ならばその前提条件の上で、いったいどう立ち回れば良いか。

強いというのは、そういう思考が出来るヤツだ。

戦い方を確立出来れば、弱い手札でも、覚悟を決めて場に出すことが出来る。

俺がこの世界で出会い、手強《てごわ》かったヤツらは皆、漏れなくそういう戦い方をしていた。各々が大事にするもののため、譲れない一線を守り通すため、どうすれば勝てるのか、考え続けていた。

思考することは、ただそれだけで強い武器なのだ。

「うぅ？」

「だから、リウ。この世界で強く逞《たくま》しく生きるには、いっぱい考えることだ。それさえ出来れば、日々を生きるのも楽しくなってくるってもんだぜ」

「――カカ、赤子に人生論を聞かせても、理解出来んぞ」

なんて、リウをあやしながら語っていると、隣から聞こえてくるレフィの声。

他の女性陣の姿はない。レフィだけである。

我が妻は、ポフンと隣に座る。

「いいさ。そういう風に育ってほしいって俺が思ってるだけだからな。ちょっとでも覚えていてくれれば、それでいいんだ」

「……考える、か。そうじゃな、その通りじゃ。ヒトは、魔物より弱い者が大半であるが、今まで生き残り、さらには繁栄しておる。爪や牙《きば》が無いのならば武器を作り、皮膚が柔らかいのならば防具を作り、魔力が低いのならば、それを補う戦術を生み出してきた」

足りないものを考え、足りるように努力し、そうして生きてきたが故に、人類は繁栄した。

考える葦《あし》。昔の人は、良いことを言うもんだ。

「対して、儂ら龍族などは、強い。生まれながらの圧倒的な強者じゃ。それ故に『必要』が生まれず、文明を生み出すことが出来ない。一枚の最強の手札がある故、工夫をしない。考えることをしない人生とは、淡泊でつまらんものじゃ。……まあ、お主も以前は、基本的に考え無しじゃった訳じゃが」

「は、反省してんだよ。だからそうなってほしくないと思ってだな……」

「カカ、ま、儂も人のことは言えんでな。それに、今のお主は前よりは幾分かマシじゃろうの。種族進化ではないのじゃ、何でもかんでも一足飛びに成長とはいくまい」

「そうだな……よし、リウ。一緒に、一つずつ成長していこうな。まずは……大きくなるために、好き嫌いをなくすところからか。リウ、食べ物はバランス良く食べるんだぞ。こんなお菓子好きになっちゃダメだ。マジで太るし、虫歯になるからな」

「いやいや、まずは思慮深さを身に付けるべきじゃろう。リウ、こんな阿呆《あほう》になってはならんぞ。遊ぶのが好きなのも結構、冗談が好きなのも結構、じゃがユキ程になってはいかん」

「いやいや、人生を楽しむコツこそ、おふざけだ。笑いとは誰もがハッピーになれる要素！　俺のようになれば人生はハッピーだぜ！」

「いやいや、リウは女の子じゃ。似るなら儂のように、強く逞しい、夫の無茶ぶりにも平然と耐え得る女になるべきじゃな！」

「いやいや、レフィは――」

「いやいや、お主は――」

そうやって、俺達が「いやいや」言いまくっていたせいか、リウは耳をピコピコと動かしながら、俺達の真似《まね》でもするかのように、「いあいあ！」みたいな笑い声を漏らした。

クソ可愛いんだけど、それ邪神召喚されちゃうがな。

◇　◇　◇

――彼女はまだ、あまり多くのことはわからない。

自我、というものが形成され始めたばかりの彼女が思うことが出来るのは、朧《おぼろ》げで原始的な感情のみ。

暑いと寒い。

楽しいと楽しくない。

お腹いっぱいとお腹空《す》いた。

気になると気にならない。

安心と怖い。

わかるのは、それら。

人として最低限の、基本的なものを理解出来るようになったという程度で、それ以上のことはわからない。

しかし、今の彼女には……それで十分だった。

「あぶぁあ！」

「フフ、リウは最近、ご機嫌っすねぇ。お母さんは娘が元気いっぱいで、嬉しい限りっす」

温かな腕に抱っこされ、彼女の胸は、安心でいっぱいになる。

彼女はまだ、『母』という言葉は知らないが、しかしこれが無条件に信じられる、自分を守るものだということはよく理解していた。

自分の全てを、任せていられるもの。

怖いを、安心にしてくれるもの。

「おーおー、楽しそうだなぁ、リウ。お前の笑顔は万病に効き、世界に平和をもたらすことだろう！」

そうして抱っこされてあやされ、ご機嫌になっていると、横から聞こえてくる声。

これも、知っている。

これも、安心出来るが、それ以上に楽しいものだ。

一緒にいると、楽しいでいっぱいにしてくれるものだ。

「いやどこの聖女っすか、それ。気持ちはわかるっすけど」

「あうぅ！」

「ん、今日はパパと一緒にいたいようっすね。ご主人、交替っす」

「お、嬉しいね！　ほーら、高い高ーい！」

ぐおんと身体が持ち上がる感覚。

それが何とも楽しく、思わず笑い声が漏れてしまう。

「きゃぅっ、うぅ！」

「お？　もう一回か？　よーし、高い高ーい！」

「あはは、わかりやすいくらいの大喜びっすねぇ。やっぱりリウは、こういう身体を動かすことの方が好きみたいっすね」

「そうだなぁ。ま、他に色々知り始めたら、興味の対象も変わってくるんだろうが。何にせよ、良いことだ。大きくなったら、いっぱい色んな遊びしような！　鬼ごっこにかくれんぼ、そり遊びや水遊び！　楽しいことはいっぱいあるぜ！　いったいお前は、何を気に入るだろうかね」

「きゃうぅっ！」

「ウチは遊びがいっぱいあるっすからねぇ。イルーナ達が喜ぶだろうって、ご主人が草原エリアを改造しまくったから」

「大人も楽しいだろ？」

「それは否定しないっす。遊び場じゃないっすけど、特にあの旅館は最高っすねぇ。家なのに、何だか旅行気分を手軽に味わえて」

「俺もあの旅館はお気に入りなんだ。温泉は良い出来になったし、中庭も結構上手《うま》く造れたからな」

そのまましばし、身体が浮かぶ楽しい感覚を味わっていたその時、ふとリウの視界の隅に、ふかふかでふわふわなものに横になっている、自分と近しいものの姿が映る。

「あぅうよ！」

「ん？　……あぁ、サクヤの方が気になるのか？」

地面に降ろされるのと同時に、リウは己の手足を一生懸命に動かし、サクヤが転がっている布団へと向かう。

リウとサクヤは、ベビーベッドに寝かされる時もあるが、布団に寝かされる時もある。

特に、昼に誰かの目がある時は布団に寝かされ、夜眠る時はベッドに寝かされることが多い。

そしてサクヤは、ハイハイが出来るようになったリウとは違って、まだ自力では動くことが出来ないので、基本的に布団に転がされたままなのだ。

リウはまだ、弟という概念を理解出来ない。

自分が姉だということもわかっていないし、実は母親が違うなんてことは、もっと理解していない。

だが、それでもサクヤが自分と近しいものである、ということだけは、しっかりと理解していた。

「あぅよ！」

サクヤの近くに辿《たど》り着《つ》いたリウは、一緒に遊ぼうと言いたげに、その周りをハイハイする。

「うぅ……あぅ？」

「うぅ？」

が、自分と近しいものは、よくわかっていない様子でただこちらを眺めるのみで、動かない。

そんな寝転がったままのサクヤに対し、動いた方が絶対楽しいのに、とリウもまた不思議に思い、彼を見る。

「はは、リウ、サクヤはまだ、ハイハイは出来ないんだ。残念だけどな。……この様子見ると、やっぱリウの方はサクヤを弟とはちゃんとわかってるみたいだ」

「結構意識してる感じっすよね、リウ。こうして一緒にいようとするし。——お、セツ！　いらっしゃい」

「おぉ、セツ。いらっしゃい」

「くぅくぅ！」

と、その時、毛むくじゃらでフワフワの、温かくて触り心地の良いものが現れ、自分達の下へとやって来る。

これも、わかる。

姿形は全然違うが、これも、自分と近しいものだ。

「くぅ！」

その毛むくじゃらにペロペロと舐《な》められ、何だか楽しくなってくる。

ちなみに、普段は玉座の間で暮らしていないセツだが、リル達の住処《すみか》のすぐ横に玉座の間へ繋《つな》がる扉が置かれているので、リルかリル妻に頼んで扉を開けてもらうことで、いつでも行き来が可能である。

今では大体一日一回はやって来て、リウ達と遊び、ユキ達に可愛がってもらっているのだ。

そのまま泊まっていくこともあれば、リル達の下に戻ることもあり、もう自由気ままな毎日である。

今のセツは、身体が大きくなり、その分体力も増えたことで、一日を存分に堪能することが出来ているのだ。

リウは、この毛むくじゃらが大好きだった。

見てると楽しいし、触ると楽しいし、舐められると楽しいし、一緒に動くと楽しい。

あのブンブン振られている長いのを追っかけたりするのは、今のリウのマイブームで、特にこの広い空間を、あの長いのを追っかけて冒険する時は、楽しいが止まらなくなり、最高の気分である。

セツもやって来たことで、さらにテンションが上がったリウは、ご機嫌なままいっぱい遊び、ハイハイで動き回り――やがて、体力が切れる。

疲れてあんまり身体が動かなくなり、うつらうつらとし始めたところで、リューが彼女を抱き上げる。

「フフ、いっぱい遊んで、お眠っすね」

予《あらかじ》め敷かれていた布団に手早く寝かせられ、毛布を被《かぶ》せられる。

温かで柔らかな感触。

「おやすみなさい、リウ。ちゃんとお母さんが見てるっすからね」

頭上から降ってくる優しい声を聞いて、リウの安心感は増し、そのまますぐに、ことりと眠りに落ちた――。

◇　◇　◇

学校に通い始めた、イルーナ達。

彼女らは今日も、羊角の一族の里へ行き、そこで一日を過ごしていた。

すでに彼女らも慣れたもので、六人で纏《まと》まって行動せず、各々だけで行動することも増えている。

いや、レイス娘達だけは変わらず三人でふよふよしているが、イルーナとシィとエンはもう、羊角の一族の里を一人だけで歩き回ることもそれなりにするようになっていた。

幼年学校は基本的にカリキュラムがしっかり決まっていて、団体行動をすることが多いのだが、それでも羊角の一族。

己の興味がある分野を学ばせるため、選択授業などもすでに存在しており、その関係で暇な時間が生まれることがあるのだ。

そういう時、イルーナ達の行動はそれぞれ違っていて、一旦《いったん》ダンジョンに帰ったり、図書館に行って本を読み漁《あさ》ったり、友達と遊んだり、のんびり散歩したりと、様々である。

社交的なイルーナと、誰からも好かれる性格をしているシィは、暇な時は大体友達と遊んでおり、エンは勝手気ままに一人で何かをしていることの方が多い。

ただ、かと言ってエンが二人に比べて友達が少ないという訳ではなく、興味を持ったことであれば深く突き進む性格をしている彼女とこの里の相性は非常に良く、一人の時間が多くとも里自体そんな人ばかりなので、何にも気にされないのだ。

むしろ、三人の中ならば最も里にハマっていると言えるのが、エンであるかもしれない。

そして、実は一番友達が多いのが、レイス娘達である。

非常に珍しい種族であるため、里にいる間は本当にみんながちやほやしてくれるので、あっちへふらふら、こっちへふらふらと、色んなところへ出入りしており、そのため同学年の子供達の中でもとりわけ顔が広いのだ。

イルーナ達とは違い、勉強自体には正直ほとんど興味が無いのだが、遊んでくれる友達がたくさんいて、暇することが一切無い羊角の一族の里は、レイス娘達にとっても楽しい場所となっていた。

ただ——そんな彼女らは最近一つ、気になることがあった。

里での一番の友達である、エミューと全然会えていないのである。

少し前に、彼女の師匠であるエルドガリア女史に付いて行き、実地での研究に向かったことは知っているのだが、以前ダンジョンへ遊びに来た時以来まだ会えていないのだ。

まあ、魔族の時間感覚は、大分のんびりだ。

生き急いでる感のある羊角の一族であってもそれは変わらず、研究などでは非常に長い目で、それこそ十年二十年、さらには百年のスパンで見ているものすらある。

一度研究に出掛けたのならば、何かしら結果が出るまで戻って来ないということも羊角の一族ならばよくあることらしいので、そういうものなのだろうとは思っているものの、ちょっと寂しくはあった。

「エミューちゃんと、なかなか会えないねー」

「ね。まあ多分、研究頑張ってるんだと思うよ。一緒にいると、やっぱりレイラお姉ちゃんの妹だなぁって感じるくらい賢いから、出来ることを頑張ってるんだと思う」

「……ん。羊角の一族の里でも、頭一つ抜けてる。エルドガリアのおばあちゃんの薫陶篤《あつ》い、っていう感じ」

「シィがおぼえた、花吹雪《はなふぶき》をうみだすまほー、みせたかったのにー」

「……どこで使うの、その魔法」

「まつりを開催したとき！」

「あはは、宴会芸だね。まあでも、綺麗《きれい》で良いんじゃない？」

「シィはね、まほーはこうあるべきだと思うよ！　みんなが笑ってくれるためにつかうの！」

「……一理ある。みんながシィみたいだったら、きっと世界は平和」

「そうだねぇ。争いなんて起きないだろうねぇ」

「えへへ、そうかなぁ？　でも、シィはのんびりするの、好きだからな～。みんながシィだったら、みんなのんびりしちゃって、お仕事とか、すすまなくなっちゃうかも！」

「……それも確かに。やっぱりみんなシィはダメかも」

「あはは、まあ、みんな違ってみんな良いってことだね。必要なのは多様性だよ、多様性。おにいちゃんもそう言ってた！」

「たよーせーが、世界をすすめる！」

「……ん。多様性が文化を育む」

なんて、いつもの感じでのんびり雑談しながら、学校からの帰り道を歩いていたその時、彼女らは気付く。

イルーナ達がダンジョンへ帰るための扉は、エルドガリア女史とエミューの家の、すぐ近くに建てられている。

つまり、帰り際に必ずその家が見えるのだが……そこに、明かりが灯《とも》っていた。

「あれ……明かりが点《つ》いてる」

「！　帰ってきたのかな？」

「……挨拶《あいさつ》してみる？」

「そうしよっか！」

彼女らは家の玄関に向かい、置かれている呼び鈴の魔道具を押すと、すぐに中から「はーい……」という声が聞こえ、ガチャリと扉が開かれる。

「！　みんな！」

出て来たのは、やはり帰って来ていたらしい、エミューだった。

「エミュー！　帰って来たんだ！」

「ひさしぶり！」

「……エミュー、久しぶり。元気してた？」

「みんな、久しぶりです！　元気……とは言えないですね。流石にちょっと、疲れたです」

その言葉通り、エミューの表情には多少の疲れが見えており、あまり元気は無さそうだった。

「あらら、そんなに実地での研究、大変だったの？」

「いやもう、空振りに次ぐ空振りで、進展がほとんど無くて……お師匠すら手こずる、なかなか手《て》強《ごわ》い遺跡なんですよ」

「……そのお師匠さんは？」

「色々報告に、一旦学院の方に行ってるです。――あ、そうそう、あと、レイラお姉様と、魔王に近い内、お願いをしに行くかもしれないです。ちょっとだけ話しておいてくれると嬉《うれ》しいです」

「？　二人に？」

「あるじとレイラおねえちゃんに？」

「……何だろう」

揃《そろ》って首を傾《かし》げる三人を見て、エミューは何だか少しだけ和みながら、詳しい説明をしていく――。

◇　◇　◇

「うん！　今それが難航してて、出来ればおにいちゃんとレイラおねえちゃんに手伝ってほしいんだって。でも、子育てで大変だろうから、無理はしないでほしいって」

「いま、たいへんみたい！」

「……エミューも疲れてた」

学校から帰って来たイルーナ達が、荷物を置きながら、口々にそう話す。

「レイラだけじゃなくて、俺もか？」

「そう言ってた。おにいちゃんも、ってなると、強い魔物でもいたのかな……？」

「でも、そんな感じじゃなかったよね！」

「……ん。大変そうではあったけど、切羽詰まった感じではなかった」

「ふぅん……まあ、直接話を聞いてみるか。ちょうどしばらく暇だからな！」

「ちょうども何も、いつも暇じゃろう」

「ちょうど無職だったからな！」

「無職はずっとっすよね。皇帝だった時以外」

「無職か皇帝か、極端過ぎますねー」

「――遺跡探索？」

リウとサクヤの世話をしながら、ツッコミを入れてくれる妻軍団。

この妻達……手馴《てな》れている！

凄《すさ》まじいマルチタスク能力だぜ……。

「レイラ、お前はどうだ？」

「お師匠様が手伝いを欲しているのならば、出来れば手伝いに行きたいですねー。ただ、そうなるとご飯と二人の世話がー……」

「あー、良い、良い。昔はともかく、今は儂《わし》らも多少は料理が出来る。たとえ長く空けることになっても、どうにかするから、そこは気にするな。のう、リュー」

「ウチらも母親っすからね、レイラに頼りっ切りじゃあ、情けないってものっす。今は仕事に出てるっすけど、料理の上手いネルもいるっすから」

「……ありがとうございます、二人ともー。そうですね、今はもう、二人に任せ切っても不安は無いですからねー」

「ユキ、エルドガリアには色々と世話になっておる。お主は居《お》っても居《お》らんくても変わりないから、しかと手伝ってこい」

「なかなか夫に言いますね、あなた。まあだが、世話になってるってのは同感だ。とりあえず、話を聞きに行ってみるわ」

◇　◇　◇

エルドガリア女史とエミューの家にて。

「――ん、わざわざアンタの方から来てくれたのかい。悪いね、アタシから説明に行こうと思ってたんだが」

「すぐに来られる距離だから、これくらいは気にしないでくれ。お師匠さんには世話になってるしな。――それで、俺とレイラの力を借りたいってエミューが言ってたそうだが……」

そう言うと、彼女は頷《うなず》く。

「あぁ、今アタシ達は、とある遺跡の調査を行ってるんだ。魔界の端の、限りなく秘境に近い位置にある遺跡でね。アンタのところの、魔境の森みたいな場所さ。と言っても、そっち程魔物が強い訳じゃあなく、まだアタシで相手出来る範囲の強さなんだが」

「それは……大変そうだな」

俺の言葉に、彼女はハァ、とため息を吐《つ》く。

「そうなんだよ。まず環境の悪さが、調査のしにくさを増しててね。まあ、その対策は今のところどうにかなってるんだが……遺跡自体も、これがまた一切ヒント無しに暗号でも解いているような気分にさせられる場所で、困ったものなのさ」

それなりに里を空けていたとは聞いているが……この表情を見るに、なかなか苦労の連続だったようだな。

「そもそも調査とは何年も掛かるものだ。長丁場になるのは覚悟してる。が、実はもう十年調査していて、自分達だけではどうしようもないと、研究班がアタシを呼んだのが現状だ。それでも、上手くいっていない。どうにも一つ……行き詰まってる感じがあってね」

「それで俺達を、か」

「あぁ。もう少し、という感覚はある。だからこそ、そのもう少しを埋めるために、別からの視点が欲しいのさ。レイラに来て欲しいのは、あの子の観察眼、洞察力を見込んで。アンタにも来て欲しいのは、その強さ、そして知識を見込んで、さね」

「知識を……?」

エルドガリア女史は、頷く。

「アンタは、神々を知っているんだろう?」

「！　あぁ、ある程度ではあるが……もしや、『神代』関連の遺跡なのか?」

「アタシはそう見てる。少なくとも、それに近しい時代ではあるだろう。となるとアタシらだけじゃあ、知識が足りないんだ。この里での神代の研究は、あまりにも手掛かりが乏しいせいで、他の分野と比べると進んでいない。だからこの遺跡の調査は、重要なんだ」

……神槍《しんそう》を得てから、神代とはほとほと縁があるな。

何か、神々は互いを引き寄せ合う因果律でも持っているのだろうか。

……ありそうだ。ウチの息子のこともあるし。

「ただ、アンタらは今、子育てで忙しいところだろう？　だから、出来ればでいい。アンタも唯一の父親で、いなくなったら奥さんらが困るだろうし」

「いや、それが実は、子育てに関して言うと手が余っててさ。ウチの妻軍団がすごい張り切ってるから、むしろ俺はすることがないような状況なんだ。レイラの方はウチの家事全般をやってくれてるが、レフィ達も、今はもうそれくらいは出来るしな。だから……いいぞ、お師匠さん。手伝いに行くよ」

「……いいのかい？　そんなあっさり決めて」

「あぁ、レイラもやる気だったしな。久しぶりに、お師匠さんの手伝いがしたいみたいだ。これで連れて行かなかったら、俺の方が睨《にら》まれそうなくらいにはやる気だったぜ」

「そうかい……助かるよ。よし、それじゃあ、しばらくは待っといておくれ。今回の調査結果を纏《まと》める時間が必要になるから、もう一度遺跡の方に行くのは、恐らく一か月は後になるだろうからね。行く時期が決まったら、イルーナ達に伝言を頼むから、そうしたらまた来ておくれ」

「わかった、準備しておくよ」

それから、幾つかエルドガリア女史と話をし、俺は家へと帰った。

◇　◇　◇

「――という訳で、またもう少ししたら出掛けてくるわ。エン、お前も付いて来てくれるか？」

「……ん、任せて。でも、ちょっとだけ、試し斬りしてから行きたい。調整しないと」

「はは、あぁ。じゃあ一緒に魔境の森で魔物狩りするか。遺跡に行くのはちょっと先だからな」

試し斬りなんて言うと響きが少々物騒ではあるが、最近のエンは学校に行き始めたことで、大太刀でいる時間よりもヒト形態でいる時間の方が長くなっているからな。

調整というのも、そのためのものだろう。

己が刀剣である、ということに対する自負が強いエンは、そういうところでは一切妥協しないのだ。

「お師匠様が解析に取り掛かってそれとなると、本当に苦労しているようですねー」

「あぁ、実際そう言ってた。ただ、あの様子からすると、遺跡の難しさに加えて、調査に集中出来ない環境の過酷さのせいで、ちょっと困ってる感じだったな」

「実地での調査は、そういうことがままありますねー。遺跡となると、まず魔物の対策をしなければ何も出来ないことも多いですしー」

この世界での遺跡なんかの調査は、本当に大変なんだろうな。

辺境ともなれば、まず食料確保からして大変になるだろうし、実際命懸けになるのだろう。

割とマジで、蛇嫌いで鞭《むち》使いの教授のような日々を送るハメになるのかもしれない。

……そう考えると、ちょっと楽しそうだな。

と、レイラと話していたその時、仕事から帰って来てサクヤを構っていたネルが視界に入り、ふと思う。

「……サクヤの謎レーダーがあれば、意外とパパッと解決しそうな気がするな」

そう言うと、ネルが顔を上げて笑う。

「あはは、そうだね。みんなが頭を悩ませてる問題とか、きっとサクヤは平気な顔して解決しちゃうんだろうね」

「だろ？　……実際、ありか？」

俺は、サクヤには色々体験させてやらねば、と思っている。

ならば、今回我が息子も連れて行くのは、一石二鳥になるのではないだろうか。サクヤレーダーの性能はすでに立証済みだしな。

問題と言えば、その……サクヤの『食事』かもしれないが、今なら俺だけでも、粉ミルクくらいは簡単に作れるからな。

レイラも一緒にいてくれるなら、何とかなるだろう。

「えぇ？　危なくないっすか？　サクヤはまだまだ、赤ちゃんっすよ？　家で守るべき年齢っす」

母親らしい真っ当な意見を口にするのは、リウの世話をしていたリュー。

コイツの母親力、凄まじいものがあるぜ……。

「危ないのは危ないじゃろうなぁ。ただ……ユキが以前言うておったように、やはり儂も、早くからサクヤには色々経験させるべきじゃと思っておるから、連れて行くのはありかもしれん。少し前、旅行程度であんな大事になった時に、我が子の特異性を重々理解したものじゃ」

大人組でそう話していると、我が息子の一番の被害者たるシィが口を開く。

「サクヤは、もう、しっかりしてるよ！　きけんと、あんぜんは、シィたちよりもするどいから、そんなにしんぱいしなくても、いいとおもうよ！」

「お、ありがとう、良い意見だぜ、シィ。――だったら俺はもう、サクヤは連れて行きたいな。サクヤレーダーさえあれば、お師匠さん達の調査に何かしらの進展は見られるだろうし」

「まあ、おにーさんとレイラと、あとエンが一緒なんでしょ？　おにーさんはともかく、レイラがいるならそうそう危険はないでしょ。レイラを補佐出来るエンもいるし」

「おにーさんはともかく、ってところに異論を挟みたいところだが、確かに今回はこっちにレイラがいるんだ。きっと問題は何かしら起きるんだろうが、何とかなるさ」

「サクヤのお世話は、任せてくださいー」

「……みんなに異論が無いなら良いっす。それなら三人を信じるっす」

「わかってる、目は離さないさ。よし、それじゃあ――今の内に俺は、リウといっぱい遊ばないとな！」

「あ、リウはちょうど今寝ちゃったっすよ」

「もう遊び疲れちゃったみたいですねー」

「何っ……ならしょうがない、サクヤと遊ぶか！」

「サクヤも寝たぞ、今」

「うん、ちょうど今、くてってって感じで寝たよ」

「……それじゃあ妻達よ！　今の内に俺と遊ぼうではないか！」

「おっと、こちらに矛先が来たぞ。どうする、お主ら」

「こういう時の担当はレフィじゃないっすか？　もしくはネル」

「うーん、僕今、コーヒー飲もうと思ってたからなぁ」

「……では、しょうがないのぉ。儂が相手しておくとしよう」

「そう言って、本当はちょっと嬉《うれ》しいんすよね、レフィ」

「レフィは、母親になっても変わらずツンデレさんだからね！」

「フフ、可愛いですよねー」

「……う、うるさいぞ、お主ら！」

◇　◇　◇

――魔境の森。

俺にとってこの場所は、以前はただただ恐ろしい場所であったが、今はもうこの森に愛着すら湧いている。

人が住むには全く適さないここが、俺の唯一の故郷なのだ。

仮に、他の場所にダンジョンを移動することが出来る、なんて言われても……多分、移動しないだろう。

住めば都とは、よく言ったものである。

つっても、まだまだこの森の脅威は健在だ。特に西エリアに関して言えば、俺達よりも強い魔物もまだまだいるため、勝手知ったるとはいえ油断は出来ない。

まあ、今日ここにやって来たのは探索ではなく、エンの調整のためなので、西エリアの浅層より奥に行くつもりはないんだがな。

そんな、比較的余裕のある状況であるため、現在俺とエンと、リルを含めたペット軍団と共に、セツも付いて来ていた。

「怖かったら無理しなくていいんだぞ、セツ？　流石にこの辺りの魔物は、セツじゃあ手も足も出ないしな」

「く、くぅ！」

もうすでに大型犬のサイズがあるセツは、ちょっと怖がりながらも「だ、大丈夫！　お父さん達がいるから！」と健気《けなげ》に鳴いてみせる。

成長著しい彼女は、すでに狩りも数回経験しているそうで、流石フェンリルの血筋と言うべきか、ヒト種の一般的な冒険者が苦戦する程度の魔物ならば一匹で狩れるようになっているようなのだ。

己で狩ったらしい魔物を口に咥《くわ》えながらダンジョンまでやって来て、「くぅ！」と誇らしげに鳴いていたのを、みんなで褒めちぎったものである。

が、その時は、急に現れた魔物の死骸《しがい》にビックリしたのか、リウとサクヤはギャン泣きになり、それに慌てたセツは血まみれのまま二人をあやそうと舐《な》めたりして、二人も血まみれになって酷《ひど》いことになり、なかなかカオスな場になった。

事態の収拾を図ろうとする妻軍団の横で大笑いしていたら、怒られたものである。

狩りが行えるようになったためセツのレベルも上がり、現在『25』。順調な成長だ。

リルとリル奥さんの英才教育もあるのだろうが、いやはや大したものだ。というか、フェンリルという種の凄《すさ》まじさを垣間見《かいまみ》た気分である。これでまだ、一歳にもなってない訳だからな、セツは。

龍種程ではないとはいえ、やはり彼らもまた、この世界においてヒエラルキーの頂点に近い位置に君臨する生物なのだ。

おっちょこちょいなところさえ直れば、その内リルくらいまで強くなるだろうか。いや、むしろおっちょこちょいなところが最高に可愛いのだが。

『……ん、セツ、偉い。セツは必ず、強くなる』

「くぅ！」

「はは、良かったな、セツ。エンのお墨付きだぜ？　将来が楽しみだ。——リル、今日はお前、前に出るなよ。索敵はオロチ達に任せるから、お前はセツを守ることだけに集中するんだ」

「クゥ」

頭を下げるリルをわしゃわしゃと撫《な》で、それから俺は、我がペット軍団へと指示を出す。

「よし、お前ら、ちょうど良さそうな魔物の気配を感じたら教えてくれ！　頼んだぜ！」

我がペット達は、各々返事をし、付近に散って行った。

俺も野生の感覚は鋭くなってきたと自負しているが、それでも実際に日々森で生きているコイツらの方が、それは圧倒的に優れているからな。

特に魔境の森は、生物が多過ぎて気配ばっかでよくわからなくなるのだ。とりわけ強いヤツじゃなければ、俺では区別が付かない。

それにしても、浅層とはいえ、西エリアに一匹で放つことが出来るようになった辺り、我がペット軍団も頼もしくなったものである。今ではもう、そこらの国軍程度なら一匹で返り討ちに出来る強さはあることだろう。

軍事に関しては、我が家で最も詳しいネルの言葉なので、間違いない。

――そうして西エリアに入って十分もしない内に、ダンジョンの『遠話』機能を使って、空から広い範囲を見渡していたヤタが俺に連絡を入れる。

やはりこの森は魔物が多いため、もうちょうど良い敵を見つけたらしい。

「お、ヤタが見つけたみたいだ。そっち移動するか」

「クゥ」

「く、くぅ！」

「セツ、リルから離れるんじゃないぞ。大丈夫だ、お前の父ちゃんは、必ずお前を守ってくれるからな」

「……くぅ！」

俺は落ち着かせるようにセツを撫でてやり、それから全員でヤタが示す方向に向かうと――そこにいたのは、スピノサウルスみたいな恐竜。

『ヴォロロロロッ‼』

俺達を見ても逃げず、ここは己の縄張りだと、威嚇するように背中の帆を震わせ、鳴く。

牙《きば》を剥《む》き出《だ》しにした、野性味を感じるフォルムであることだ。

その鳴き声に、セツが「きゃう……」とビックリしたように声を漏らし、リルの股下《またした》に隠れる。

尻尾《しっぽ》が足の間に隠れてしまっている。

はは、身体は大きくなったが、やっぱりまだまだ子供だな。

……いや、このサイズの魔物は、普通は怖いか。考えたら、昔の俺だったら泣いて逃げるレベルだわ。

……オホン、とにかく、確かにちょうど良さそうな魔物だ。

決して弱くは無いし、というかむしろ強い方だろうが、今の俺とエンならば問題無く倒せる相手である。

「うし、俺も本格的な戦闘は久しぶりだし……肩慣らしと行くか！」

『……エンも、刃《やいば》の錆《さび》を落とす。血で』

やる気満々な様子で、なかなか怖いことをおっしゃるエンさんである。

「お、おう、やる気満々だな、エン。……実は今日、楽しみにしてた？」

『……当たり前。主と、久しぶりのしっかりとした狩り。これがエンの本懐で、エンの生きる意味』

「……そうか。よし、そんじゃあ今日は、めいっぱい斬りまくろうか！」

『……ん！』

そして、魔物の辻斬《つじぎ》りが発生する。

◇　◇　◇

——多分、三時間は狩りを続けていただろうか。

森の中を駆け回り、良さげな奴を片っ端から斬り捨てていく。

死骸をＤ　Ｐ《ダンジョンポイント》に変換したり、食肉として残したりする作業は、今回は全てリルに任せてしまい、俺達はただひたすらに戦い続ける。

こういう時に、リルに権限を持たせておいて良かったと思うものだ。

日々、実際に縄張りを歩いて俺のダンジョンを熟知しているリルは、ダンジョン管理人として最高のペットだと言えるだろう。最近もう、俺よりラスボスっぽいし、リル。

ただ、それだけリルが頼れるせいなのか……他のペット四匹、オロチ、ヤタ、ビャク、セイミがこう、なんか、かなり適当なんだよなぁ。

勿論《もちろん》、いざという時はしっかり頼れるし、強さに関して言えば何にも文句は無い。今日でわかるように、随分強くなった。

が、日常の時だと、何かあっても「まあリルが解決してくれるでしょ」といった意識が垣間見え、実際リルが何とかしてしまえるので、「自分達は下っ端でいいや」なんて考えているのが感じられるのだ。

俺としては、コイツらにももっと中ボスとしての意識を持ってほしいのだが……俺自身、色んな面でリルに頼りっ放しなので、あんまり強く言えないのである。

で、普段がそんな適当なせいで、苦労するのがリルと、俺のペットではない、個人的にリル達が配下にしている魔物軍団である。

あと、以前ローガルド帝国から俺が連れ帰った狼《おおかみ》君。

彼が、ウチのペット軍団とその下との連絡役というか、調整役をやってくれているようで、日々こき使われて苦労しているらしい。

二代目苦労狼だ。なお、初代苦労狼も現役である。

そんな感じで、久しぶりにがっつりと魔物を狩り続け、ペット達との時間を過ごしていると、気付けばすでに日は傾き始めており。

ただ、こんなに動き続けても、俺の肉体はまだまだ元気そのもので、疲労もほとんどない。ここからさらに同じ時間を戦い続けても、多少疲れを覚えるくらいかもしれない。

「よし……試し斬りはこんなもんで十分か？」

『……ん。とても……とても、楽しかった』

「はは、そうか。なら良かった」

非常に満足そうな様子のエン。

生き物を斬って満足と言うと、大分アレな感じもするが、実際エンは刀なのでそれもしょうがないだろう。

エンの言う『刀の錆』も取れたのか、確かに最後の方は最初よりも斬りやすくなり、硬い敵を一刀で斬り捨てることが出来ていた。

斬り口も見事なもので、エンの戦闘における微調整は上手くいったのだろう。

「セツも、お疲れ様。よく最後まで付いて来たな」

「くぅ……」

一日俺達に付いて森を回り、くたくたな様子のセツ。

だが、それでもしっかり一緒に最後まで回ったので、大したものだろう。

「今日はウチに来て、良い肉いっぱい食おうか。幸い、美味《うま》そうな肉はリルが確保してくれたからな」

「！　くぅ！」

労《ねぎら》うように撫でながらそう言うと、途端にセツは目を輝かせ、ブンブンと尻尾を振り始める。

「クゥ」

「はは、気にするな、リル。セツは今日頑張ったからな」

『……ん。実際セツは頑張った。ご褒美あげないと』

「くぅ、くぅくぅ！」

「勿論いいぞ。だそうだ、リル。今日は奥さんも連れてウチに来な。一緒に晩飯食おうぜ。——オロチ、ヤタ、ビャク、セイミ、お前らもありがとな！」

そのまま俺達は、満足して家に帰った。

久しぶりのがっつりとした狩りは、正直俺も楽しかったのだが、そう思ってしまった辺りすっかり俺も、この世界に染まっているのだろう。

◇　◇　◇

ある日の昼下がり。

エルドガリア女史からまだ連絡が入らないので、俺は、レフィと、そしてサクヤと共に、旅館の方でゆっくりしていた。

眠っているサクヤを二人で見ながら、俺達もまたその隣で、横になる。

昼寝をする訳ではなく、畳の上で肘《ひじ》を突いて頭だけを起こし、我が子と、そして我が妻を眺める。

安心し切った様子で可愛らしく寝入っているサクヤと、眠るサクヤの頭を優しく撫でるレフィ。

一気に大きくなったセツ程ではないが、サクヤもまたどんどん大きくなり、リウのようにハイハイ出来るようになる日も近いだろう。

レフィに触れ、密着しない程度に抱き締める。

嗅《か》ぎ慣れた妻の香り。

華奢《きゃしゃ》で、柔らかく、だが誰よりも強いその肉体。

「暑いぞ、ユキ」

「おう、離れるか？」

「……フン」

鼻を鳴らすレフィ。

こういう時、コイツは憎まれ口を叩《たた》くが、しかし決して離れろとは言わないのである。可愛いヤツめ。

「全く、甘えん坊の夫め。この子が大きくなった際、そんなでれでれした姿を見せておったら、げんなりされるぞ」

「おう、息子には、男は生物学的に女には勝てないし、妻には尻《しり》に敷かれるものだということを教えてやろうと思ってな」

男とは好きな女の前では見栄《みえ》っ張《ぱ》りになるし、子供っぽくなるし、デレデレになる。そういう生き物だ。

「お主が教えずとも、我が家で暮らしておれば嫌と言う程そのことを知るじゃろうよ」

「はは、まあそうだな。なら気にせず俺はお前らに甘えて、存分にげんなりさせてやるとしよう！」

「おぉ、可哀想《かわいそう》な我が息子じゃ。果たしてお主に心を休める地はあるのか」

「ペット達の方に逃げそうな気もするな。アイツら、サクヤになんかすごい懐いてるし」

ヤツら、リウとサクヤのどっちにも懐いてくれてはいるのだが、とりわけサクヤに対しては、『魔物の王』とかいう例の称号があるからか、仕える日を心待ちにしている節があるのだ。

リウが友達なら、サクヤは主といった感じだろうか。フラットな視線なのはセツくらいである。

お前ら俺のペットのはずなんだが……いや、ウチの息子が相手なら全然いいんだけどさ。

ちなみに、全然物怖《ものお》じしないサクヤと違って、感覚が鋭いためちょっと怖がりなところのあるリウだが、割とおどろおどろしい姿をしているオロチを見ても別に怖がらずに普通に喜ぶので、ヤツらがペットであることはすでに理解しているのだろう。

なお、リウとサクヤの二人ともが大好きで、現れると大喜びになるのは、セイミだ。あのふよんふよんとした水玉の動きが、赤子には大ウケするらしい。

「カカ、確かに。リルなどは、儂《わし》らの息子を背中に乗せる日を楽しみにしておるようじゃからの。お主と同じくらい張り切っておるし、成長を楽しみにしておる感じではないか？」

「な。なんかすごい気合い入ってるよな。己の忠義の見せどころ、みたいな感じで」

「何をもってお主のような阿呆《あほう》に忠義を捧《ささ》げておるのか、儂はいつも疑問に思うがの」

「何を言う、俺程支え甲斐《がい》のある男もなかなかいないだろ？」

「そうじゃな、赤子並に目が離せぬものな」

「二十四時間目が離せないってそれはもはや恋では？」

「すでに結婚しておるから、のーかんじゃな」

「何がノーカンなのかわからんが、そうか。つまりレフィの俺への愛情は、カンストしている、と」

「戯《たわ》け」

「否定はしないんだな？」

「……フンッ！」

「いてっ」

ぺしっと食らうデコピン。

だが俺は、笑っていた。

「お主への愛情など、リウとサクヤの二人に対するものと比べれば、十分の一程度の微々たるものじゃ！　あまり調子に乗るでないの！」

「この子らに対する十分の一でもあるんなら、大満足だ。お前は誰よりも……魔境の森の、雲を突き抜けた山脈より愛情深いしな」

「……そうか？」

「そうさ。お前をずっと見てきた俺が言うんだ。間違いない」

「……全く、調子の良い男じゃ」

レフィは一度だけ俺を見て、それからこちらに背を向け、しかし俺の腕の中にすっぽりと収まるような位置に移動する。

「おう、サクヤにげんなりさせないんじゃなかったのか？」

「そうは言っておらん。儂はお主の妻じゃからな。ある程度までなら夫には付き合ってやろう」

「やったぜ。悪いな息子よ、レフィは俺のものだ！」

「阿呆、そんな訳あるか。儂はサクヤ達の母じゃ！」

「ダメダメ、認められんな」

「駄目って何じゃ、駄目って。それを決めるのは儂じゃろうが」

「母は子のものかもしれんが、妻は夫のものだ。つまりお前の半分は確実に俺のものってことだ！　子のものは俺のもの、俺のものは俺のもの、だな！」

「なんという夫、なんという父じゃ……だが安心せい、サクヤよ。お主のために、この最悪な男は儂が抑えてやるからの。此奴《こやつ》の横暴から、お主のことは必ず守ってやる！」

「フハハハ、魔王の息子として生まれたんだ。である以上、困難と理不尽に耐えて育ってもらわねばな！　魔王という存在の傍若無人さを、息子にはその身をもって味わってもらうとしよう！」

「させぬぞ、我が夫よ。母たる儂が、全身全霊でお主の無茶を止めてやる」

「いいだろう、父と母との激突だな！」

打てば響くような、冗談の言い合い。

レフィとこれだけ共にいて、気まずい空気などを感じたことは一度も無く。

ただ、共にいるだけで楽しく、心地好《ここちよ》い。

ギュッと抱き締めているだけで、これ以上無い安心感が溢《あふ》れ、じんわりと胸が温かくなるのだ。

――多分、もう……物語の中心は、この子らに移ったのだろう。

父と母とは脇役に過ぎず、俺達の世界は、今その真ん中に、二人がいるのである。

だが、それで良いのだ。

別に、子供のために親として何でも諦《あきら》める訳じゃないし、これからも俺は、俺達は好き勝手に生きるだけだが……子供を全力で愛すること。

今の俺達は、それが、本望なのだ。

クサ過ぎて、人に言ったら笑われそうな思いに、我ながら少し笑みが零《こぼ》れる。

「？　何じゃ？」

「いや、ウチの子が可愛過ぎて天使だなと思って」

「それには心の底から同感じゃ。しかし、リウは良くとも、男の子じゃと天使はちと嫌がるかもの」

「じゃあ、悪魔」

「いやそれは何か、違くないか……？」

外から入り込む風。

縁側に陽射《ひざ》しが入り込み、穏やかな昼の風景が、覗《のぞ》いている。

心休まるひと時。

ふと、レフィは俺の手に自身の手を重ねる。

絡む指。

きゅっと握ってやると、彼女もまた、握り返してくる。

「…………」

「…………」

レフィは、こちらを見る。

俺は、彼女と顔を近付け――口付けを交わした。

第二章　ヴェルモア大森林遺跡

ダンジョンでゆっくりと日々を過ごしている内に、ようやく日程が決まったという報告がイルーナ達経由で入り。

俺達もまたその日に向けて準備を行い、そして当日が訪れる。

「……え、息子も連れて行くことにしたのかい？」

「あぁ、よろしく。サクヤ、挨拶《あいさつ》しろー」

「うばぁ、あう！」

「わぁ、可愛《かわい》い、しっかり挨拶したです！　サクヤ君、エミューです！　少し前に会ったの、覚えてるですか？」

「フフ、多分覚えていると思いますよー。サクヤは、よく人の顔を見ている子ですからー」

「……ん。サクヤは記憶力も良い。きっとエミューのこともわかる」

レイラが抱っこしているサクヤに、きゃあきゃあとテンションが高めのエミューと、その横で何《な》故《ぜ》かちょっと得意げな様子のエン。

が、弟子に対し、お師匠さんは「え、マジで？」と言いたげな、心配そうな顔である。

「……だ、大丈夫なのかい？　言っておくが、本当に結構な危険地帯なんだよ？」

「大丈夫だ、そっちに迷惑は掛けないようにする。それに……多分ウチの息子は、調査に役立つぞ。運命力がすごいんだ」

「う、運命力？」

「お師匠様、サクヤの運命力は本当にすごいんですよー。私も、そういうものは存在すると、認めざるを得ないような力を持っているんですー」

「あ、アンタがかい⁉」

天地がひっくり返ったかのような顔になるお師匠さんである。

「そういう訳だ、調査には確実に役に立つから、悪いが同行させてくれ。ウチの息子には、今の内から色々経験させといてあげたくてな。じゃないとデカくなった時、酷《ひど》いことになりそうなんだ」

「……ま、まあ、アンタらが良いならいいんだが。そこを決めるのはアタシじゃないし。……そうかい、それじゃあ……アンタもよろしくね、サクヤ」

「あぅあ！」

目線を合わせてそう言うエルドガリア女史に、ウチの息子は楽しそうに笑った。

「……アンタの息子、本当に人懐っこいねぇ」

「はは、おう、サクヤは人が好きみたいでな」

「何を見ても、全然物怖《ものお》じしませんからねー。かなり好奇心旺盛《おうせい》なのですよー」

「おや、それはいいね。大きくなったらウチの里に通いな」

「羊角の一族に染まったら、もう大変そうだが、その時はよろしく頼むよ」

「私も、お姉ちゃんとして色々教えてあげるです！」

「……いいね。一緒にいっぱい、教えてあげよ」

これからも、末永く彼女らの里にはお世話になりそうだ。

◇　◇　◇

目的地への移動に使われるのは、やはり飛行船だ。

どういう経緯でゲットしたのか、羊角の一族はもう、飛行船の一隻を自分達の移動用に確保してあるらしく、それを使って目的の遺跡にも物資輸送を行っているらしい。

なんか、俺が思っていた以上に大事業であるようだ。

エルドガリア女史の話を聞いた限りでは、羊角の一族の一部門がその研究をやっているようなイメージだったが、いや研究してるのは実際一部門だが、そこに里全体が相当な期待を掛けているような印象がある。

飛行船が使えるようになってからは、人員の更なる動員も積極的に行っているようで、俺達以外に羊角の一族も結構な数がおり、エルドガリア女史の紹介で何人かと挨拶を交わしたりもした。

どうやらそれだけ、彼女らにとって神代の研究とは重要なものであるらしい。

と言っても、その遺跡が神代に所縁《ゆかり》のある地である、という風に推測したのはエルドガリア女史らしいので、この流れは結構最近のものではあるのだろうが。

ちなみに、飛行船の人員でエミュー程の年頃の子は、エンを除いて一人もいなかった。

優秀だ優秀だとは聞いていたが、同年代の中では、本当に頭一つも二つも飛び抜けているようだ。

多分、幼き日のレイラもそんな感じだったのだろう。

二人の素質が優れていたからか、師匠の教育がそれだけ優れているからか。多分、両方なんだろうな。

エルドガリア女史が忙しくなる前は、イルーナ達も彼女の授業を受けたことがあるそうなのだが、それはそれは楽しいらしい。

勉強が好きじゃないシィと、そもそもそれらに全く興味が無いレイス娘達も、彼女の授業なら聞き入るのだという。

正直、俺も興味がある。

前世の学生の時の記憶など、もはや相当に薄れてきているが、お世辞にも優秀な生徒だったとは言えず、俺も学ばされるままに学んでいたような状況だったからな。

それが楽しいと思えるようになるのなら、ちょっと受けてみたいものだ。

そんなことを考えながら、俺は飛行船でサクヤをあやす。

「あぶぅ、あう！」

「今日はネルがいないから、なるべくサクヤにはご機嫌でいてもらわないとな」

「なかなか贅沢《ぜいたく》な魔法の使い方ですが、ネルの結界魔法は優秀ですからねー」

今はニコニコな様子だが、赤子とは泣くものだ。

だから少し前エルレーン協商連合へ旅行に行った時も、ちょっと機嫌が悪くなってギャン泣きする時はあったのだが、リウとサクヤが泣き出しそうになった瞬間、それを察知したネルが遮音結界を張って音を消すので、他所《よそ》の人に迷惑を掛けず済んで助かったものだ。

しかし今は、アイツがいない。

サクヤはそんな泣かない方とはいえ、やっぱり機嫌が悪くなるとそれはもう元気良く泣くので、気を付けなければならない点だろう。

思えば、やはりウチは子育てで相当楽が出来ている。

人数が多いからそれぞれがやれることも多く、分担作業のおかげで今のところそんな大変な思いはしていない。ハーレム最高。フハハ。

「アイツ、もうなかなか勇者として隙が無いよな。剣技は先代勇者に教わった技術とクソ度胸が合わさって敵無しって聞くし、守りは結界魔法が使えるし」

「結界魔法、エンなら斬り裂けるとネルは言ってましたけどねー」

「……でも、かなり硬いのは間違いない。体感的に、多分西エリアの魔物の皮膚より硬い」

「へぇ？　それはすごいな。というか、そんなのも試してたんだな」

大太刀の練習を続けているネルが、時々エンの素振りを行っていたことは知っているのだが、その時に結界魔法の硬度も試していたのだろうか。

「……ネルは、リウとサクヤに剣術を教えると決めた時から、一層張り切ってる。でも、ヒト種ならもう、一握りの強者の中に入ってると思う」

「確かに。パートタイム勇者になってからのアイツの実力の伸び方、えぐいもんがあるからな。つまり、大事なのは適切な休養と気晴らし、ということだ」

「フフ、それは間違いないですねー。パフォーマンスの維持は大事なことですー。――頑張らないとですねー、サクヤ。姉と一緒に、勇者たる母の教えを受けることになるのですからー」

「……エンも一緒に教えて、誰にも負けないようにする」

「あぁ、よろしく頼むよ」

サクヤを見ながら、ふんす、とやる気満々な様子のエンの頭を、俺はわしゃわしゃと撫《な》でた。

そんなことを話しながら、俺達はもう結構慣れてきた空の旅を楽しむ――。

◇　◇　◇

どうにかサクヤの機嫌を取りながら、飛行船に揺られ、数日後。

その威容は、空からだとよく見ることが出来た。

「おぉ……」

――深い大自然を切り分け、でんとそびえ立っている、巨大な遺跡。

形状は、基本的にはピラミッド。

そこに、幾つか箱のような形状の建造物や、何か変な建造物が付随していて、表面の装飾等は風化して一切無くなっているものの、異様な存在感が感じられる。

飛行船が近付くにつれ、その巨大さもよく伝わり……あれだ。東京ドーム。

あれを、二回りくらい巨大にしたサイズ感だな。

窓からの光景に齧《かじ》り付いている俺達を見て、エルドガリア女史は言った。

「見えたかい？　あれが、名前すらわからぬ遺跡――暫定で名付けられた名は、『ヴェルモア大森林遺跡』」

「……なるほど、この大きさで、見つかってるのが幾つかの空の部屋だけなのか」

エルドガリア女史から聞いた話では、あの遺跡で現在見つかっているものは、何も無い空の部屋が幾つかのみ。

それも、発見した入口から手前にある部屋のみで、奥へは全く進めていないらしい。

どう考えても、遺跡のサイズに対して成果が見合っていないのだ。

「あぁ、そうさ。これが墓なのか、城なのか、今のアタシらはそれすらもわかっていないが、このサイズ感で内部の部屋がそれだけってのは、どう考えてもあり得ないだろう？　それに、こうして内部に部屋が見つかっている以上、ただの石積みのシンボルとしての建造物ってことも無いだろうしね」

確かにな。

言わば今は、巨大な高層ビルの内、二階部分くらいまでしか見つかっていないような状況なのだろう。

三階以上へと向かう階段が、どこにも見当たらない訳だ。

だがそれも、エルドガリア女史が来る前までは二階への行き方すら見つかっていないようなものだったらしいので、この遺跡の難易度が窺《うかが》えるというものだ。

なるほど、研究班はきっと、藁《わら》にも縋《すが》る思いなんだろうな。

「どうだ、サクヤ。何か面白いものあるか？」

「あぅよ！　うおぉ！」

ご機嫌な様子で窓の外を眺めているサクヤではあるが、今は特に、何か反応を示してはいない。シィの話では、もっとわかりやすく、全身で反応を示していたというので、今のところサクヤレーダーに引っ掛かったものは無いようだ。

「うーむ、まだ流石《さすが》に遠いか。我が息子よ、その調子でレーダーを働かせるんだぞ？」

「あう！」

「……その様子を見るとアタシは、本当に大丈夫なのかちょっと心配になるんだが」

エルドガリア女史は、苦笑しながらそう言い、言葉を続ける。

「さ、そろそろ発着場に辿《たど》り着《つ》く。アンタらも、下船準備をしておいておくれ」

「あぁ、わかった」

それから数分後、飛行船は着陸した。

◇　◇　◇

到着して、まず最初に行われたのが、物資の搬入である。

これは、アイテムボックスのある俺も手伝っており、百人が約半年活動出来るであろう食料類や、研究用機材の他に、周辺の陣地化のための建築資材などを研究基地に運び込む。

見るとわかるのだが、かなりしっかり陣地が構築されていて、エルドガリア女史とエミューの説明では、探知用の魔道具や迎撃用の魔道具、魔物を近寄らせないための魔道具などが等間隔で置かれているらしく、他所では見ないような基地が形成されている。

居住地周りには、簡素ながらも効果の高そうなバリケードが置かれており、ちょっとワクワクするような構造だ。

あまりそういうものに詳しい訳ではないものの、こう、どちらかと言うと前世を思わせるような、近代的な感じの研究基地になっているのだ。

羊角の一族が持つ技術力の高さが、この様子だけで伝わってくるな。

そして、実際に近くに降り立つことでわかるのが、ヴェルモア大森林遺跡の巨大さだ。

空から見た時もデカいと思ったが、下から見るとその威容が一層伝わってくる感じで、よくまあこんなサイズの遺跡を作ったものだという感想が思い浮かぶ。

俺が以前、魔境の森で発見した神代の遺跡よりも倍は規模がデカく、何よりあっちはとっくに死、んでいた。

超絶ゴーレム兵器こそいたが、形のほとんど全てを失い、ほぼ洞窟《どうくつ》のようなものになっていたのはよく覚えている。

だが、この遺跡は、まだ生きているのだろう。

装飾の類はほとんど消し飛んでおり、恐らく像なんかがあったのではないかと思わせる妙な窪《くぼ》みがあったり、折れた柱があったり、もはやただの石と化している建造物もあったりするが、全体の形は損なわれていないことから、それがよくわかる。

特に、顕著にそのことを表しているのが——ダンジョンの『マップ』機能。

そこに、映らない。

エルレーン協商連合の首都で、俺のマップに映らない区画が存在していたのと、同じように。

これで、ここに何かがあることは確定したな。

非常に気になりはするが、流石にこのまま遺跡に突入というのは不可能なので、搬入を手伝った後に、先程見た居住地へと案内をしてもらう。

全部で五十は超えるであろう数のテントが並んでおり、こうなるともう、規模的には小さな村と言えるだろう。

その内の、大きなテントの一つを丸々貸してくれるようで、中に入ってみると、これがまた面白かった。

「おぉ、なんかすごいな」

「……秘密基地みたいでワクワク」

「わかるぜ、エン。普通に家だな」

簡素ではあっても、家具の類は一通り揃《そろ》っている。

大きなベッドがあり、水回りも整い、キッチンなんかもあり。

思っていた以上に立派なものである。

「研究において、衣食住をしっかりさせることは大事なことですからー。私達は何よりも知識欲を優先する傾向にありますが、それでもパフォーマンスを整えねば頭脳は働かないものですのでー」

多分以前に、こういうテントを使った経験があるのだろうレイラが、慣れた様子で滞在の準備を始める。

「なるほどなぁ……知識欲のために快適さを求める訳か」

「そういうことですねー」

「……羊角の一族のみんなが、結構ちゃんと家事とか出来る理由が、わかった気がする」

確かに。エミューとかも、その気になれば家事炊事は一人で一通り出来るって話だし。

彼女らは、研究することにかけては、どこまでも本気なのだろう。

だから、研究に専念するため、それ以外の雑事が手際良く終わらせられるようにしておく訳だ。

「よし、サクヤ。冒険はまた明日だな！　今日の俺達の寝床はここだぞ！」

「あぅ、うぅ！」

そうして、まずはしっかりと滞在の準備を行って、見知らぬ場所に興味津々な我が息子に色々と見せたりしている内に、到着一日目は過ぎて行った。

◇　◇　◇

翌日。

朝の用意を一通り済ませた後、エルドガリア女史とエミューと合流した俺達は、さっそく遺跡へと向かった。

やはりまず行ったのは、現在発見されているという幾つかの空部屋。

恐らく建物の正面だと思われる位置にそれはあり、中に入った俺達だったが……。

「正面真ん前にこれがあるってことは、ここが出入り口なんだろうが……確かに先が無いな」

「そうなんだよ。何かあって然《しか》るべきなのに、何もない。今のところ、そういうものばかりなんだ、この遺跡は」

空部屋は、行き止まりだった。

いや、横に幾つか、部屋は繋《つな》がっているものの、そこから先にはどこにも行けないようになっている。

置かれている明かりや、何かを計測するための機材等が置かれている以外には、何の面白みもない四角形のただの部屋である。

確かにこれは、どう見ても怪しいな。

メインエントランスがあるのに、そこからどこにも進めないかのような、そういう不自然さだ。

「ここ以外にも何か見つかってるものがあるのか？」

「あぁ、側面にね。だが、そっちもここと同じように、先が無い。空の部屋があるだけだ」

俺達は、中を見て回る。

像とかそういうものは、何も無いことはわかっているものの、一つ一つの部屋を見て回り——。

「あうよ！　あう！」

その時、レイラが抱っこしていたサクヤが、突然声をあげる。

恐らく、サクヤレーダーだ。

マジで反応したたな。

「これがサクヤレーダーか……どうだ、レイラ」

「……この壁、でしょうかー？　一見するとただの壁ですが、確かに魔法的に……何か、仕掛けが施されていますねー」

「……本当かい？　設置した機材に反応は無いんだが……」

「お師匠様、レイラお姉さまの意見ですよ？　だったら、機材よりそっちの方が正しいに決まってるです！」

「……そうだね、確かにその通りだ。よし、そこを重点的に確認していこうか」

そうして彼女らは、置かれていた機材をフル活用して解析を行い——すると、何かピピピ、という音が鳴る。

それは、彼女らが求めていた変化そのものであったらしく、共にいた調査班の、他の羊角の一族の女性らが「おぉ……」という声を漏らす。

「この反応は……ん、あまりにも微《かす》か過ぎて見逃してたけど、確かにここに、魔力の揺らぎがある。何という隔絶された隠蔽《いんぺい》技術……」

「フフ、わかりましたか、お師匠様ー？　サクヤの能力がー」

「あぁ、お手柄だよ、サクヤ。なるほど、これは本当に……すごい能力だ。やっぱアンタ、大きくなったらウチの里に来な。あたしが直接色々教えてやるよ」

ポンポンとエルドガリア女史がサクヤの頭を撫《な》でると、我が息子は嬉《うれ》しそうにきゃっきゃと喜び、彼女の腕を掴《つか》む。

「……それにしても、アンタの息子、一々可愛いねぇ」

「師匠、サクヤ君が可愛いのはとってもよくわかるですけど、それより先に解析を！」

「おっと、そうだね。よし、悪いがアンタ達、しばらく待っていてくれるかい。アタシらはこれから解析に入る。多分また呼ぶとは思うから、それまでゆっくり周りを見ていておくれ」

「わかった、それじゃあ……レイラ、サクヤの面倒を頼んでいいか？　俺、一回飛んで周りの地形とかを確認しておきたい」

「わかりました、それでは一度、別れましょうかー。サクヤ、お母さんと一緒にいましょうねー」

◇　◇　◇

レイラとサクヤと一旦《いったん》別れた後、俺はエンを担いで空を飛ぶ。

飛行船に乗っていた際、窓から外を確認してはいたものの、見える範囲は限られていたからな。

この辺りは、エルドガリア女史から聞いた限りでは魔境の森に近しい生態の秘境であるようで、生息している魔物がかなり強いらしい。

実際こうして飛んでみても、感じられる魔物の気配のデカさがよく伝わってくる。

人類が生息するには厳しい土地のはずだが、しかしそんな場所に、こんな遺跡がある。

いや、それは逆で、恐らく遺跡がここにあるから、ここに秘境の地が生まれたのだと思われる。

「ここも、神の誰かが没した地なのか……どう思う、エン？」

『……可能性はある。何だかここは、魔境の森に近い感じ。空気が、よく似てる』

「お、やっぱりお前もそう思うか。リルなんかを連れて来ても、同じことを言っただろうな」

『……ん。まあでも、この森だったら、リルは生態系の頂点に立てそう』

「確かに。アイツも大概化け物染みた性能になってきてるしな。ここの魔物も、一番強い奴《やつ》で西エリア浅層くらいな感じだし、結構あっさり支配下に置けそうだ」

いやはや、こうして外に出る度に、魔境の森の規格外さを思い知る感じだ。

あそこは、世界最強の種族たる龍族の、その始祖たる龍が死んだ地であるため、やはり別格に空間の魔素が濃いのだろう。

「と――お、いたいた」

俺は、空から一直線にその場所へと降りていく。

向かった先にいたのは――全身を、幾本もの刃物で覆ったかのような。

ヤマアラシなんて目じゃない程の、具現化された殺意の鱗《うろこ》を身に纏《まと》っている、一匹の魔物。

四足歩行。

魔境の森サイズの巨体で、基本的な形状はワイバーン。多分、空も飛べるのだろう。

周囲にも、コイツにやられたのか斬撃痕《あと》のようなものがいっぱいあり、斬り倒された木々やすっぱりやられている大地の様子が目に付く。

気性はかなり荒そうだ。

種族：ソードワイバーン
レベル：115

「研究基地から感じてた強い気配の持ち主は、お前だな」

『ヴォロロロ……』

「おう、尖《とが》りたいお年頃ってか。けど、アレだぜ。あんまり尖り過ぎても、黒歴史になるだけだぜ？　聞いてるぞ、お前、時折研究基地を襲おうとしてんだろ。魔道具で撃退されてるそうだがな」

こちらに向かって警戒するように鳴き、それと連動して肉体の鱗代わりの刃《やいば》が震え、金属同士がぶつかり合うかのような硬質な音が鳴り響く。

うわっ、その音やめろ。殺すぞ。

『……主《あるじ》、すごい。よく気付けたね』

「ま、俺も肉体がバカみたいに強くなって、感覚が鋭くなったからな。——悪いがお前、住処《すみか》が研究基地と近過ぎる。死んでくれ」

『……ん。この距離は、ちょっと近い』

『ヴォラララッ‼』

そんな俺達の言葉を聞いてか聞かずか、刃ワイバーンは攻撃を開始。

スペツナズナイフが如《ごと》く、その肉体の刃が一斉にこちらに向かって放たれる。

俺は、原初魔法で水壁を生成して防御すると、その間にこちらからも突撃。

翼を躍動させ、ギュンと弾丸のような速度で飛び出し——斬る。

ん、受けられたな。

頭部を斬り飛ばすつもりで放った斬撃だったのだが、しかしその頭部にある刃群にエンの刃が滑ってしまい、刃鱗を数本斬り飛ばすだけの結果に終わる。

刃鱗は景気良く弾として飛ばしてやがったし、多分ダメージは皆無だろう。

すると刃ワイバーンは、懐に入り込んだ俺達を吹き飛ばさんと羽ばたいて飛び上がるが——逃がさん！

「俺も飛ぶのは得意なんだわッ、飛行勝負するかッ⁉」

『ヴォロロッ⁉』

俺は、奴の足をガシッと掴むと、思い切り羽ばたいてその場に滞空。

刃ワイバーンの翼と、俺の三対の翼の力が拮抗《きっこう》し、奴は空に飛び上がれない。

いや……俺の翼の力の方が、若干勝っている。

「オラァッ‼」

そのまま、グイ、と引っ張って、背負い投げが如く地面に叩《たた》き付けた。

ドゴォ、という軽い地響き。

うむ、俺ももう、こんなレフィみたいな真似《まね》が出来るようになったのか。結構嬉しい。

「部位破壊は狩りの基本ッ‼　オラッ、レアドロしろッ‼」

俺は、ひっくり返った奴の、刃鱗の薄い尻尾《しっぽ》の裏側部分に向かってエンを振り降ろす。

ダン、と切断され、吹き飛ぶ尻尾。

耳を劈《つんざ》く悲鳴。

血飛沫《ちしぶき》が舞い、刃ワイバーンがメチャクチャに暴れ出す。

『ヴォロロゴォァッ⁉』

「危ねッ⁉」

肉体の刃鱗が、散弾銃が如く周囲一帯に飛び散り、木々を砕き、岩を砕く。

ぶっちゃけちょっとビビったし、幾つか身体《からだ》を掠《かす》めていったが、予備動作の時点で空に逃げていたので、直撃は避けることに成功する。

……この強さと厄介さ、多分コイツが、この辺りの主なんだろうな。

だがまあ、リル達がおらずとも、俺とエンだけで何とかなるレベルだ。これで取り逃がしでもしてしまったら、エンに鈍ったと言われてしまうだろう。

「うしッ、気張ってやってこうかッ‼」


――その後、しばらく戦闘は続き。

やはりネックなのはその鱗で、肉体に沿って形成されている刃鱗のせいでエンの刃が滑ってしまうのだが……ウチの子とコイツとじゃあ、斬れ味が全然違う。

エンに比べれば、コイツの刃など鈍《なまく》らも同然だ。時間が経《た》てば経つ程、その差は歴然となる。

すでに刃ワイバーンの身体は、ボロボロ。

刃鱗のほとんどを弾として撃ち尽くし、さらにエンが斬り落としまくったことで、残る脅威はもう、ヤツがメインウェポンとして振るっている、両腕の翼と一体化した巨大な刃のみ。

「認めてやるッ‼　お前は確かに強かったぜッ‼」

振り下ろされる翼刃を避け、その懐へと入り込む。

刃鱗の薄い、喉元《のどもと》。

低く倒した体勢から、俺は一気にエンを振り上げ――斬った。

エンの刃は、防がれず。

一刀両断されたその首が、ぐるんぐるんと回転し、地に転がる。

刹那《せつな》遅れ、ドゥ、と傷口から血が溢《あふ》れ、その巨体は崩れ落ちたのだった。

「フー、うし、終わり！　いや、意外と強かったな、コイツ。思ったより時間掛かっちまった」

『……ん。攻撃も防御も、良いものがあった。凶暴だけど、知能も高め。刃の肉体って、結構強い』

「単純に言っても、鉄並の硬度があるってことだしな。まあ、鉄程度じゃあエンの刃は防げない訳だが！」

なお、これが龍族になってくると、アダマンタイト並だとか、オリハルコン並だとかの鱗になってくる模様である。

ワイバーンと龍族には、種族的にそれだけの差が存在しているのだ。

「よし、この調子で周辺の魔物、どんどん狩っていこうか。エン、次も頼むぞ」

『……ん、任せて』

俺はエンを肩に担ぎ、再び空に飛び上がった。

◇　◇　◇

刃ワイバーンをぶっ殺した後も、しばらく周囲を飛んで、今出来る限りの安全対策を行っておく。

研究基地の近場で、一定以上の強さを持つ魔物と限定はしていたのだが、それでも結構な量を狩ることになり、すると俺が暴れていることを狩らなかった魔物どもも感じ取ったようで、一帯から生物の気配が消え去っていた。

今日からここの生態系の頂点は、俺だ。

この地はこの魔王の支配下、貴様ら全員、俺の言うこと聞くように。別にダンジョン領域化はしてないけど。


この地はこの魔王の支配下、貴様ら全員、俺の言うこと聞くように。別にダンジョン領域化はし
　羊角の一族もいるし、何よりウチの息子も連れて来ちゃったからな。出来る限りのことはしておかないと、後で怒られてしまう。

「お帰りなさい、お二人ともー。結構飛んでいたようですが、何かありましたかー？」

「あぁ、この森の生態系の頂点に立ってきた」

「……ん。ここの王は、もう主。これで安全」

「あら、そうでしたかー。お疲れ様ですー」

　戻った研究基地にて、サクヤをあやしながら、ニコニコと俺達を出迎えてくれるレイラ。

と、一緒にいたエルドガリア女史とエミューの二人が、ちょっと呆《あき》れたような顔をする。

「……あの、お姉様、生態系の頂点に立つって、そう簡単なことじゃないと思うですよ？」

「……まあ、この魔王の力なら、それも難しくないんだろうが。そうかい、森の安全を確保してくれていたのかい。ありがとよ」

「気にしないでくれ、こっちの事情も大きいからな。サクヤまで連れて来ちゃった以上、俺が出来る限りのことはしておかないと、後で妻軍団に怒られるんだ」

「レフィもリューも、以前とは比べものにならないくらい、今はしっかりしていますからねー。サ

ボっていたら、それはもう怒られるでしょうねー」

「おう、そうなんだわ。いやもうレイラ、助けてくれよ。夫として肩身が狭いぜ」

「フフ、残念ですが、私も妻軍団の一員ですのでー。二人が怒った時は、きっと私もそっち側にいると思いますねー」

「なんてことだ、俺に味方はいないのか」

「……とりあえず、アンタら家族の仲が良いようで、何よりだよ」

生暖かいような表情で苦笑するエルドガリア女史。

俺は肩を竦《すく》め、それから問い掛けた。

「こっちの様子はどうだ？　何か進展はあったか？」

「あぁ、おかげさまでね。あの先だが――『別空間』があった」

「別空間……？」

通路でも部屋でもなく、別空間。

その言い方だと、もしかして……。

彼女の言葉に疑問を覚えていると、レイラがそれに答えてくれる。

「はい、ユキさんの想像通りですー。――以前、エルレーン協商連合の首都で遭遇したものと、同質の空間がありましたー」

◇　◇　◇

「……なるほど、これか」

戻ってきた、遺跡内部。

サクヤが見つけた壁の異変の場所に、一見すると変化は無く。

数多《あまた》の計器や魔道具が据えられた、無機質な石の壁があるのみである。

だが、今、そこに触れてみると……手がすり抜けた。

足を踏み入れてみると、身体が石の中に入っていき——その先に、通路が現れる。

「これは……」

「……別世界みたい」

外は、風化していた。

だが中は、風化していなかった。

壁に立て掛けられている、謎に明るい青い光を放っている松明《たいまつ》群。

一切色褪《いろあ》せていない、綺麗《きれい》な通路。

下り階段があり、先はよく見えない。

そして、ダンジョンの『マップ』機能を確認すると、空白地帯が埋まっている。

「この先は見たのか？」

「いや、まださ。計測した限りでは、魔力の高まり方が異常な数値を示していた。何かあるのは確定だが……ま、鬼が出るか、蛇が出るか、といったところさね」

「つまり、俺とエンの出番か」

「あぁ、頼むよ」

サクヤは……今更か。

ここまで連れて来た以上は、連れて行こう。

何より──サクヤ自身が今、先へと行きたがっている。

シィから聞いたように、全身でこの先を行こう行こうとしているのだ。

ここで連れて行かなかったら、それはもう派手に泣くことだろう。

「よし……行くか。レイラ、俺より前に出るなよ。お師匠さんとエミュー達も、後ろにいてくれ。──エン」

「……ん」

エンが大太刀へと戻ったのを確認した後、俺は先頭で先へと進み始める。

──ここは、本当に神代の遺跡なのだろう。

何か部屋に出た訳ではなく、今はただ通路のようなところを進んでいるのみだが……こう、今の時代と隔絶したものを感じるのだ。

原始的でありながら、どこかSF味を感じさせる、ファンタジーな建築。

矛盾しているようで、調和が取れている、全てが混在したような空間が広がっているのである。

「し、師匠、見てください、これ。他の遺跡でも確認されている象形文字です！」

「こちらは、時代が違うものだと考えられていましたが、ここにあるという以上は本来同時代に存在していた技術なのですねー……！」

「あぁ、こっちもそうだ。それぞれ別の地域のもののはずの文明が、同じ地域のもののように存在している。恐らくここが、文化の最初の発信点だったんだ。これはすごい発見だよ……！」

三人の他にも、同行している調査隊の面々が、非常に興奮した様子で議論を交わし始める。

レイラが好奇心で目を輝かせている時と同じような表情を皆が浮かべており、どうやらここは、普段は理性的な彼女らが興奮を抑えられないような場所であるらしい。

だが、気持ちはわかる。

俺は羊角の一族のように、物を見たり壁の象形文字を見たりしても、それが何なのかはわからない。

しかし、ここに太古のロマンがあるということは、俺にもわかるのだ。

『…………』

大太刀に戻っているエンからも、周囲に魅入られたような、興奮しているような感情が無言ながらも伝わってくる。

いや、この子は羊角の一族の学校でしっかり学んでいるので、俺以上にはこの場所のことを理解していることだろう。

こういうもの、エンはかなり好きみたいだからな。

「お師匠様、ここは……もしかすると？」

「そうさね。恐らくここが――『原点』だ」

「原点……？」

俺の言葉に、彼女は答える。

「そうさ。世界の始まりの地。『始原の神』に、『地の女神』がおわしたとされる地。恐らくそれが……ここなんだろうね」

「――――！」

世界そのものである、『ドミヌス』。

そして、それを操ったとされる、『ガイア』。

その二つが存在した場所。

それが――『原点』か。

「まあ、まだわからない。もっとしっかり調査をしないことには確かなことは言えない。けど……この遺跡に、とんでもない秘密があることは確定さね。――よし、先に進もうアンタ達。ここをもっと見て、一から十まで記録を取りたいのはアタシも同感だが、恐らく先には、まだまだ未知があるだろうよ」

そう里の仲間達に言ってから、エルドガリア女史は俺へと言葉を掛ける。

「魔王、悪いね。進もうか」

「あぁ、わかった」

俺は、再び先頭で歩き出す。

進んでいくと、分かれ道なども存在し、その度にトラップの有無を確認したり、どちらへ進むかをサクヤレーダーで確認したりしていたので歩みは遅かったものの、着実に進んでいく。

いやなんか、当たり前のようにサクヤに道を聞いているが、本当にウチの子、分かれ道とかに行き当たると的確に片方の道へと行きたがるのだ。

シィに話を聞いた時も、サクヤの指示に従っていたら庭園に出ていたと言っていたし、この子には本当にある種のレーダーみたいな能力が備わっているのだと思われる。

――恐らくだがこの空間は、やはりもう別の場所なのだろう。

別の場所というか、別次元。

広過ぎるのだ。

遺跡は、かなりの巨大さを誇っていた。

だがこの内部空間は、明らかにそれ以上に広い。

歩いている距離が、そろそろ遺跡の反対側に着いていてもおかしくないくらいなのだが、こうして先に通路が存在し、まだまだ続いている。

地下に降りたのもあるかもしれないが、それにしても広過ぎである。

ここはウチの草原エリアとかと同じように、本来の空間を拡張したような構造になっているのだろう。

そして――その予想は、どうやら当たりだったらしい。

やがて、俺達は通路の出口に辿《たど》り着《つ》き――。

「うぉぉ……」

そこに広がっていたのは、楽園とでも言うべき、地底世界だった。

まず目に付くのは、満天の星々。

だが、今の時刻は昼。

あれが実際の星空ではないことは間違いなく……よく見ると、洞窟《どうくつ》の岩肌らしきものが見え、となるとあれは、星ではなく鉱石の輝きの色なのだろう。

常夜の世界。

ただ、地上部分はかなり明るく、石畳の道に沿って発光する植物や街路樹のようなものが綺麗に等間隔に植えられており、整えられた多くの緑が窺《うかが》える。

見えるのは、巨大な池に、浮島や、鉱石の星空から落下してくる大滝。

そして、この場所を語るに当たって、最も欠かせないのが――城だ。

まるで神殿のような、原始的であり、中世的であり、未来的な、不思議な建築様式の城。

巨大な……恐らくウチの魔王城よりデカいかもしれない、そんなとんでもない規模の城がでん、と奥に存在し、城壁と、さらに城の規模に相応《ふさわ》しい広さの城下町らしきものが存在している。

とてつもなく美しい、雄大な地底世界。

唯一足りないものと言えば……ここに、全く生物の気配が感じられないという点だろう。

多分、虫や魚。そういうものの気配は、感じられる。

だが、それだけ。

人や獣、そういったものは一切存在していないことを、俺の五感が告げている。

ここはもう、とっくに滅んでしまった場所なのだ。

「……ここ造ったヤツ、俺友達になれそうだわ」

この場所には、本当に草原エリアと同じような空気感がある。

規模が全然違うし、コンセプトも勿論《もちろん》違う。

だが、あの城を中心にして、いったいどうしたらこの場所が美しくなれるかと試行錯誤しながら、周囲を整えていったかのような、そんな印象があるのだ。

何にも根拠は無く、あくまで俺の感覚的なものでしかないが……やはりここは、ダンジョンのような機能を用いて形成した場所なのだろう。

何より魔力の質が、多少差は感じられるものの、ダンジョンとかなり似通っているのだ。

昔ならば、同じものだと思っていたかもしれない。

そして、こうしてこの空間が維持出来ていることからもわかるように、人自体は滅んでしまっているが、遺跡の方はまだ生きている。

生きて、稼働している。

ということは、何か動力源がある、ということになる。

「これ……もしかして、神シリーズの武器があるか……？」

少なくとも、この規模の遺跡を現代まで維持し続けている神代製の何か。

それが、この場所には存在しているのではないだろうか。

◇　◇　◇

しばらく周囲の光景に魅入られた俺達はその後、羊角の一族の皆は非常に先が気になったような顔をしていたが、ここまでに結構な時間が経《た》っていたため、一旦《いったん》本日の調査を終了。

物凄《ものすご》い眼力《めぢから》の彼女らに、「明日、早い時間から調査、どうですか？」と笑顔で言われまくり、俺は苦笑しながら「なるべく早くは参加するよ。ただ、サクヤの機嫌次第なところはあるから、その点は勘弁してくれ」とだけ言って、テントへと帰った。

レイラの興奮具合も凄《すさ》まじく、全然感動が冷めやらぬ様子でギュッと俺の腕を掴《つか》んできたり、何だかソワソワしたような様子を見せたりしており、大分和んだ。

そんな様子であっても、サクヤの世話は完璧《かんぺき》に熟《こな》すところがレイラのレイラたる所以《ゆえん》なのだが。

「ユキさん、あの遺跡は、本当に物凄い大発見ですよー！　あの遺跡を発見する手助けをしたという事実だけで、歴史にサクヤの名が残るレベルですー！」

俺の腕にその豊満な胸を押し当て、抱き着いてくるレイラ。

最高の気分である。

「はは、そうか。良かったな、サクヤ。お前の名前はもう、この世に刻まれるようだぜ？」

「……ん、流石サクヤ。レーダービンビンだった」

そう言って、すでに眠りに就いたサクヤをよしよしと撫《な》でてやるエン。

「いや本当にな。マジでこんなしっかり反応するとは流石に予想外だった」

何かしらの反応はあるだろうと思っていたからこんなところまで連れて来た訳だが、ここまでとは、というのが正直な感想である。

これに最初に遭遇したシィも、さぞ驚いたことだろう。

「サクヤ、お母さんは、とっても嬉《うれ》しいですよー。あなたのおかげで、お母さん達の一族は、もうみんな幸せの絶頂ですー」

俺に引っ付いていたレイラは、次にサクヤのベッドの前に膝《ひざ》を突き、我が息子の額に軽くキスをする。

うむ、やっぱり興奮が冷めやらないようだ。あんな風なことをするレイラはマジでレアだからな。

レイラでこうなのだ、他のテントでも今、どこも大興奮で記録を纏《まと》めたりしているのだろう。

なお、興奮して発見に乾杯、とかではなく、興奮してまず記録を取らねば！　となるのが羊角の一族クオリティである。

ま、彼女らの役に立てたのなら、俺も嬉しいというものだ。

妻の家族だ、出来ることなら仲良くしておきたいね。

◇　◇　◇

翌日。

早朝から準備をし、サクヤの目が覚め元気いっぱいになったタイミングで、再び遺跡へと入る。

昨日と同じ道を辿り、地底世界までやって来た後、まずは見えていたあの城へと向かって歩き出す。

ただ、その歩みは、ここまでの調査以上に遅いものだった。

この遺跡がまだ稼働しているのならば、警報装置の類もまた稼働していると考えるべきで、特にこの規模ならば、確実にあって然《しか》るべきだという結論が羊角の一族達の話し合いで出てたからだ。

そして俺は、警報装置と言われて思い浮かぶものがある。

魔境の森の、神代遺跡を守護していた、腕がたくさんあってビーム撃ってきた敵――『エンシェントゴーレム』。

あるいは阿修羅《あしゅら》ゴーレム。侵入者絶対ぶっ殺ゴーレムでも可だ。

あれに近しいものが、ここにないとは言い切れないだろう。

あれはヤバい、あれが一体でも出現したらこの調査隊が壊滅する可能性は非常に高くなる。あの時は俺達でも討伐を諦《あきら》め、どうにか躱《かわ》す方向で作戦を立てたしな。

……こうなってくると、リルがいないのが少々怖い。

アイツがいれば、野生の勘で俺以上に危機を察知してくれるので、多少は安全が増すだろう。

何より、俺の安心感が段違いだ。

エンが俺の武器ならば、リルは俺の相棒。俺の戦闘は、その二つが揃《そろ》った時こそが真骨頂なのである。

……出し惜しみはしていられない、か。

「……エン、悪い。ここは油断出来ねぇ」

『……むぅ。仕方ない。命の方が大事』

彼女に許可を取ってから、俺がアイテムボックスから取り出したのは——神槍ルィン。

俺の切り札であり、だが滅多に使わない武器。

エンがいるのもあるが、神シリーズの武器は出来ることなら死蔵するのが良いという考えから、例の大戦以来武器として扱うことはしていなかったが……ここは、そんなことを言っていられる場所ではない。

神代に対抗するならば、神代製の武器。それしかないだろう。

俺は、言った。

「『命を謳《うた》え、我が槍《やり》よ』」

その瞬間、骨を思わせる槍身《そうしん》が一気に変化し、それが俺の肉体にまで変化を及ぼしていく。

俺の腕を覆う、まるで鎧《よろい》のような魔力と紋様。

ただ、エンも出したままだ。

右手にエンを持ち、左手にルィンを持つ。

今の俺ならば、この二つを同時に扱うだけの筋力はある。技量は……まあ、うん。武器が良いので。

「ま、魔王、それは……」

と、その俺の様子を見て、驚きの声を漏らすのは、エルドガリア女史。

その周りで、羊角の一族の者達も声も出ない様子でこちらを見ている。

「ん、あぁ、俺の切り札だ。悪いがこれに関しての質問は無しな。あ、レイラになら聞いてもいいぜ。もう根掘り葉掘り聞かれてるから」

それはもう、散々にな。

まあ、レイラはそういう時のギャップが可愛いのだ。普段冷静沈着な彼女が、興奮した様子を見せるのがな。

準備を整えた俺は、皆に一旦待ってもらって、一人先行する。

背中に翼を出現させ、飛んで上空から先を確認する。

己《おの》が身を守るのみならば、色々やりようはあるので、まだ安全が保てるだろう。

——ここは、どうやら戦で滅んだ訳では無いようだ。

城下町の様子などを見る限り、そんな印象がある。

争いの跡が、一切無い。家など綺麗《きれい》なままで、崩れている場所などが無い。

いや、経年劣化で崩壊したらしい場所は幾つもあるが、それだけだ。

ここは……恐らく緩やかに滅んだ。

劇的な何かがあって滅んだ訳ではないのだと思われる。

「エン、何があったと思う、ここ？」

『……ここは、役目を終えた場所、って感じ』

「役目……確かに。そんな感じはあるな」

思い出すのは、魔族の神ルィンとの会話。

始原の神ドミヌスは『混沌《こんとん》』を求めた。

混沌とはつまるところ、変化と繁栄。

この場所が『始まり』だとするのならば……ここだけにヒトが留《とど》まるのは、ドミヌスの望むところでは無いはずだ。

それで、ここは使われなくなったのか……？

そんなことを考えながら飛んでいた俺は、やがて城の近くまで辿《たど》り着《つ》く。

本当に、凄まじい規模の城だ。やっぱりウチの魔王城より一回りはデカいな。

ここを完全に探索し切ろうと思ったら、恐らく数年は掛かるだろう。

とりあえずここまでは問題が無さそうだったので、俺は皆を呼びに――行かなかった。

今まで、何度も俺を救ってきた、この肉体に備わった五感。

それが、告げている。

――今すぐ避けろ、と。

己の感覚に従い、即座に滞空をやめて自由落下を開始。

その瞬間、空気を焼くかのような、シュンッ、という音と同時に、俺のすぐ上をビームが掠《かす》めて行った。

「危ねッ⁉」

その後も連続して幾つかビームが飛んでくるが、不意打ちでなければ避けるのはそう難しくない。

回避軌道を描きながら、俺はビームの発射元へと視線を送る。

あれは――ドローンかッ⁉

「ホントにSFじゃねぇかッ⁉」

城の方からこちらに飛んでくるのは、金属の鈍色《にびいろ》をしているが、些《いささ》か生物的な動きと見た目、特にプテラノドンを思わせる形状をしている、三機のドローン。

いや、ドローンというか、あれもゴーレムの一種ではあるのだろう。

思った通り、分析スキルで見ると、あれもいつかの阿修羅ゴーレムと同じ『エンシェントゴーレム』であるらしい。

だが、もうここまで来るとファンタジーではなくSFだ。口からビーム出しやがったし。

このままではマズい。

俺一人であったならば、迷わず撤退を選んでいたが、今は後ろに皆がいる。

もう俺が捕捉《ほそく》されてしまっている以上、このまま撤退すれば彼女らも巻き込むことになる。

「やるしかないか……ッ‼　エンッ、突っ込むぞッ‼」

『……んっ！』

その瞬間、俺は回避軌道をやめ、最短距離で一気に突っ込む。

ギュン、ギュン、と空中で身を翻して回避を続け、まず一機のSFプテラの近くまで辿り着くと、まず神槍《しんそう》を振り被る。

第三形態となっている神槍の威力は、SFプテラも一目で理解出来たらしく、即座に回避に動き——そうして動きを誘導した先で、エンを叩《たた》き込《こ》んだ。

ガンッ、と鋼鉄を殴るような感触が返ってくるが、しかし彼女の刃は、SFプテラの翼をしっかりと両断した。

制御を失い、ヒュルル、と墜落していき、そのまま城下町の民家の一軒へと激突。反応が消失する。

……貴重な研究資源をぶっ壊してしまったようだが、これは許してもらいたいところである。

——よし、エンでも斬れるな。

「ハッ、そうさッ、ウチの子は最強なんだッ‼」

エンは、いずれ神シリーズの武器にまで至ると言われている子だ。

お前らみたいな量産型程度、今のエンならぶっ殺せんだッ‼

あ、けど、阿修羅ゴーレムの投入はやめてくださいね。あれはホントに死ねるんで。

——そこから始まる、残り二機とのドッグファイト。

急旋回に急停止、ホバリングなど、生物だったら確実に不可能な軌道で動き回るSFプテラどもだったが、どうやら飛行性能自体は、まだ俺の方が上であるようだ。

苛烈《かれつ》な位置取り合戦を行っている内に、まず一機の後ろを取ることに成功。

急停止して俺を前へと追い抜かせようとするＳＦプテラだが、その動作は見えていたため、追い抜きざまに神槍で貫いて真っ二つにする。

その間に、残り一機が俺の背後を取ってビームを撃ってくるが、何も急旋回などが出来るのはヤツらだけではないのだ。

三対の翼を躍動させることで、グルンと回転して身体の向きを変える。

空を足場に、空中を蹴《け》るようにして背後から迫り来るＳＦプテラへとこちらから距離を詰め、飛来するヤツのビームを避けながら――すれ違いざまに、エンで一刀両断にした。

数瞬後、ズズゥン、と下から聞こえてくる、落下の音。

追加のＳＦプテラは、無し。

空を飛んでいるのは、俺だけだった。

◇　◇　◇

「フー……何とかなったか」

今のところ、追加が来る様子は無い。

ただ、警備があることがこうして確定した以上、これだけの広さがあって、守りがドローン三機のみ、なんてことはあり得ないだろう。

数百、いや数千の規模で同じものがあったとしても、おかしくないと思われる。

それこそ、あの阿修羅ゴーレムと同型機が数十体いる可能性すらあるだろう。

「……とりあえず、この超技術で、ここが神代遺跡であることは確定したな。ゴーレムか……魔力の高まりで何とか気付けたが、非生物は気配が無いからわかり辛《づら》いな。警戒してたのに不意打ち食らったぞ。いや、警戒してたからこそ気付けたと言うべきか」

『……ん。厄介』

ゴーレムは、生物ではない。

物だ。

内部魔力こそ多いかもしれないが、周囲の木々や建物などが放つ魔力と似た気配しか持っておらず、それ故に建物の陰などに隠れられていると、ほぼ見分けが付かないのだ。

特にこの場所は……空間に満ちる魔素が濃い。そのせいで、ゴーレムとその他の差が、さらにわかり辛い環境なのである。

――これは、本当に厄介だぞ。

とにかく、一旦《いったん》戻ることにした俺は、サンプルとして比較的綺麗に撃墜したSFプテラの一機をアイテムボックスに入れ、待機していたレイラ達の下へと戻る。

「ユキさん、先程戦っていたようですがー……」

「あぁ、やっぱり警備がいたみたいだ。――これだ」

俺は、回収したSFプテラを皆に見せる。

彼女らは一瞬たじろぐも、しかし好奇心の方が勝ったようで、すぐに解析らしきことを始める。

「……これは、とんでもないね。この一機を持ち帰っただけで、ゴーレム分野の研究は数十年分進むだろうよ。実際戦ってみた感じはどうだい？」

エルドガリア女史の言葉に、俺は考えながら答える。

「一機二機程度なら問題ない。いや、攻撃食らったら多分普通に死ぬし、機動性もなかなかだったが、ゴーレム故に融通が利かんって感じだな。ただ、今言ったようにコイツはゴーレムだ。それも、どちらかと言うと小型のな。なら、同じのが数百あっても驚かん」

まあ、小型と言っても、人と同じくらいのサイズはあるのだが、どう見てもコイツらは数で運用するのが前提の設計だろう。

仮に十機でも出て来ていたら、それだけでヤバかった可能性はある。

少なくとも、こんなあっさり撃破は出来なかっただろうな。

「……なるほど。予想はしてたが、コイツはとんでもなく厄介だね。入口を見つけるまでも苦労したモンだが、これは、見つけてからの苦労の方が長くなりそうだ」

「あぁ。正直、正攻法でここを進むのは……無理とは言わないが、相当難しいと思うぞ。変に警備が作動しちまったら、目も当てられん結果に――」

そこで、ふと思う。

……正攻法じゃ無理、か。

その時、俺が見るのは――サクヤ。

レイラの腕の中にいる我が息子は、今ちょっと機嫌が悪そうだ。

「レイラ、サクヤの様子はどうだ？」

「はい、依然として興味を示しているのは、城の方ですねー。全身で行きたい行きたいと示しているのですが、私達が動こうとしないから、むくれて泣いてしまいましてー」

あぁ、なるほど……それで機嫌が悪そうなのか。

次に俺は、我が息子の顔を覗《のぞ》き込む。

「――サクヤ、どうだ？　何か……先へ行ける場所、ないか？」

「あぅう！　うぅ！」

俺の言葉に、だがサクヤが指し示すのは、レイラの言う通り城の方で――いや、いや、待て。

この方向に、まず最初にあるのは、城壁だ。城ではない。

サクヤレーダーは、俺達ではわからない謎の能力だ。

だが、確かにそれはある。

ここまでの感じを見るに、最善の道を常に指し示しているように見え、そして俺達には遺跡の警備という壁が今、立ちはだかっている。正面からでは、突破は困難ではと思わせるものが。

ここを突破するのが最善ならばそうするしかないだろうが……この規模の遺跡だ。

ならば、裏道なども存在して然るべきではないか？

「……探してみる価値はあるか。お師匠さん、この方向に、何か裏道みたいなものが無いか、みんなで探してみてくれないか?」

「……わかった、そうする価値はあるだろうね。——よし、アンタ達、そのおもちゃの解析は後にしな! 魔力の痕跡《こんせき》、隠された道、何でもいい、今からそれを探すよ!」

俺達は、総出でサクヤの指し示す方向に何かないか探っていく。

そして、俺の予想はどうやら当たりだったらしい。

サクヤが指し示していたのは、城ではなかった。

息子を抱えて横の方に飛んでみると、その興味を示す方向が変化したのだ。

三点から確認し、サクヤが示していた正確な場所は、城ではなくやはり城壁。

一見するとただの壁でしかないが——羊角の一族が解析を行えば、一発だった。

「! ここ、隠し通路です!」

興奮した様子のエミュー。

彼女らが調べている内に、その壁が消え去り、奥への道が突如として現れる。

恐らくは、幻影魔法のようなものが張られていたのだろう。

「……アンタの息子、本当にすごいね。まさかここまでだとは思わなかったよ。ちょっと研究させてくれないかい?」

「サクヤが成長したら、本人と交渉してくれ。俺は別に反対せんぞ」

「よし、言質取ったよ。将来が楽しみだ」

「ダメですよ、お師匠様ー。サクヤが大きくなったら、私が研究するんですからー」

「……正直、サクヤの研究は、私もしたいです！」

「……サクヤ、モテモテ」

「はは、そうだな」

サクヤ、お前羊角の一族の里に行ったら、それはもうモテるだろうな。ツラも俺ではなくレフィ似だし。

だが、一つだけ教えておこう、我が息子よ。

女性の相手をするのは、大変だぞ。心して対応するように。

◇　◇　◇

その後も、十分に注意しながら隠し通路を進む。

どうやらここは、下水道のような場所であるらしい。

と言っても、人がいないために流れている水は綺麗《きれい》なもので、底が見える程に透き通っている。

多分普通に飲めるだろう。

暗めではあるが、足元が見える程度の最低限の明かりは、謎の発光植物などで確保されており、まさしく『ダンジョン』とでも呼ぶべきおどろおどろしさがここにはあった。

……いや、そもそもだが、この場所に下水道などというものは必要なのだろうか。

我が家でもそうなのだが、生活排水のようなものは全てダンジョンに吸収され、消滅する。恐らくはＤ　Ｐ《ダンジョンポイント》や魔素などに変換されているのだろう。

だから、我が家に上下水道などというものは存在しないし、この場所がダンジョンと似通ったものであるのならば、下水道なんてものは本来いらないはずなのだ。

となると、この下水道は……雰囲気作りのために存在するのではないだろうか。

「………」

「？　ユキさん、何かありましたかー？」

「いや……ちょっとな」

考え込む俺を、不思議そうに見てくるレイラ。

その時俺が感じたのは――遊び心。

ここにこんなものがあったら楽しい、こんなものがあったらワクワクする。

俺が、イルーナ達が楽しんでくれるかと思って、草原エリアに色んなものを造ったのと同じように……ここには、そういうものが溢《あふ》れているように感じる。

この隠し通路の他にも、城を囲うように存在する城壁だってそうだ。

それが必要なのか必要じゃないのかと言えば……全くもって、必要じゃないように思う。

壁とは、敵がいるから用意するもの。だが、神々に敵などというものが存在したのか。

いや、神々同士で争った過去があるのは知っているが、それは神代でも後の方の話であるはずだ。

この場所が『原点』であるのならば、その争いが起こるより前にこの街は存在するはずで、そしてここの城壁は街と一体化して造られている。

要するに何が言いたいのかと言うと――本当にここは、ウチのダンジョンと同じものなのだ。

必要とか、必要じゃないとか、そういうことではなく、ただその方が面白いからそういう風に造ってあるのだ。

ふと俺は、神代の人々が――いや、神々がここを放棄した理由がわかった気がした。

ここは、便利過ぎる。

ここにはきっと、全てがある。

だが、全てがあるが故に、発展が無い。

全てがあるが故に、ここで暮らすだけでは文化が育たない。不自由が無ければ、それを解消しようとする思考は生まれない。

長い長い生を送る龍族の文化が、現在停滞してしまっているように。

我が家はまだ良いだろう。その便利さを享受しまくっている俺達だが、我が家は言わば、ただのデカい一軒家だ。外の世界との繋《つな》がりも存在し、『差異』が存在している。

だが、ここが国となってしまったら……そこに『混沌《こんとん》』は生まれないだろう。

ここが『原点』である以上、外には他の文明など、一切存在していなかったはずなのだから。

「だから、この場所を……放棄したんだな」

ここは始まりの場所であって、終わりの場所とすべきではない。

故に、途中で役目を終え……ここは、滅んだのだ。

「――ぶあぁ！　あうぅ！」

少し感傷に浸っていた俺は、サクヤが何か大きく反応を示したことで、我に返る。

その声に、警告のようなものを感じた俺は、すぐに周囲の警戒を始める。

「……ユキさん、何か、ありますかー？」

「わからん、今のところは――待て、何か来る！」

地面に響いて聞こえてくる、何かが転がるかのような音。

高まる魔力の気配。

見えてはいないが、そこに敵がいると仮定し、俺は曲がり角への突入と同時、神槍を振り抜いた。

――そこにいたのは、アルマジロのような見た目のゴーレム。

ゴロゴロと転がってきていたソイツは、俺の奇襲によって為《な》す術《すべ》なく真っ二つとなる。

が、現れたのは一体だけではなかった。

後ろに同じ型のゴーレムが四体おり、さらに奥に、二足歩行の、何かスマートなロボみたいなヤツまで待機している。

マズい、場が狭い。

エンと神槍の振り方を間違えると、恐らく壁に引っ掛かる。

まだ空の方が、楽に戦えるだろう。

「みんな、前に出て来るなよッ‼」

「アンタ達、防御魔法っ！　三、二、一、今！」

瞬間、ブン、と背後の彼女らを囲う、何かバリアみたいなもの。

あれがどの程度の効力を発揮するかはわからないが、俺は彼女らを信じて後ろへの注意を最低限にし、最速で敵を排除せんと突撃する。

SFアルマジロどもは、ゴロゴロ転がる移動用の球体モードと、敵と対峙《たいじ》する際の二足歩行モードの二つがあるようで、俺と接敵したがために後者の二足歩行モードへと次々に変化していく。

そして、当たり前のように両腕からビームの乱射を始め、俺は狭い空間でそれをどうにか避けながら、まず一番手前のヤツの懐へと飛び込む。

すると、そのビーム砲が面白ギミックで変形し、ソードのような形状になったかと思うと、それを俺の顔面目掛け振るってくる。

食らったら簡単に両断されるであろうその一撃を、極限の集中で紙一重で回避し——お返しに、エンを叩《たた》き込《こ》む。

が、刃は通らなかった。

チッ……このSFアルマジロども、見た目からもわかるようにSFプテラどもより硬いようだ。

ならば、トドメを刺すのは神槍——と思ったのだが、それをエンが止める。

『……主、もう一回』

「もう一回って、今刃通らなかったろッ⁉」

『……お願い、もう一回』

「わかったわかった、なら——次は頼むぜッ‼」

我が子にそう言われては、俺は無理を通すのみ。

一つだけありがたいのは、向こうのＡＩに賢さが足りない点だろう。

ゴーレムは、やはりゴーレムだ。どんなに高価であっても、愛着があったとしても、所詮《しょせん》は使い捨ての消耗品である。

当たり前のように搭載されているあの殺人ビーム、味方のゴーレムごと貫いて乱射でもすれば、一発二発は俺も食らっていただろうが、そういう思考ルーチンは搭載されていないらしい。

恐らく、『敵』と『味方』という処理をしているがために、そんな行動に移れないのだ。

そこが、ゴーレムの限界点だろう。

数の差によって押され気味ではあったが、受け、逃げ、どうにかこちらも狭さを活《い》かした立ち回りを意識して動き、隙を作る。

「お前ら神代から生きてるんなら、もっと賢くなんねぇとなッ!!　――行くぞッ、エンッ!!」

『……んっ!!』

状況を整え、攻撃を空振ったＳＦアルマジロに向かって、俺はエンを叩き下ろし――その刃は、今度は止まらなかった。

一刀両断されるＳＦアルマジロ。

「おぉッ!!　何したんだッ!?」

『……斬る一瞬、魔力を高めた！　主の言う、「魔刃」を刃に纏《まと》わせたような状態に！』

「はは、やるなッ!!」

『……やり方は覚えた、次も行ける！』

どうやらウチの娘は、また一つ強くなったらしい。

神槍でもエンでも斬れるのだったら、俺はいつも通り、何も考えず斬りまくるだけだ。

案外やれるな、大太刀と槍の変則二刀流。これから俺がガチで戦う時は、このスタイルにしようか。

……いや、エンが複雑な顔するからやっぱやめるか。二刀流スタイルは緊急時だけだな。

SFアルマジロの攻略法は見えたため、俺は防御から意識を切り替え、攻勢に移る。

この場所の狭さが鬱陶《うっとう》しかったが、その制限は図体《ずうたい》がデカい向こうの方がより不利に働いたらしい。

ヤツらは同士討ちが出来ないため、一体一体を盾にすることで射線を切り、エンと神槍でどんどんと撃破していく。

そして——最後に残るは、二足歩行ロボ。

まるで侍のような佇《たたず》まいで、腰の両側に剣が差されており、本当に『ヒト型』といった形状だ。

ここまでは特に行動していなかったが、SFアルマジロが全滅した段階で剣を抜き放ち、構える。

『……主、あのゴーレムは、強い』

「あぁ、わかる」

内部魔力が、SFプテラやSFアルマジロと比べ、倍は濃く見える。

他のヤツらが量産品ならば、コイツはワンオフ品とでも主張しているかのような存在感だ。

分析スキルは、当然の如く働かない。わかるのはコイツも『エンシェントゴーレム』の仲間ということだけ。

それにしても、一対一になるまで動かなかった辺り、騎士道精神でも搭載されているのだろうか。

いや、侍っぽいし、コイツの場合は武士道精神か？

まあいい、どちらにしろお前を突破しないと、ここは通れないんだ。

いざ尋常に――――ッ⁉

ギン、と放たれたそれを、俺はギリギリで回避。

顔面ビーム。

「おまっ、正々堂々みたいな雰囲気出しといて、当たり前のように顔面ビームとかやってくんじゃねぇッ‼」

神代のヤツらはどんだけビーム好きなんだ⁉

いや、俺も好きだけども‼

◇　◇　◇

多分、一時間は全力戦闘を続けただろうか。

「ハァ、ハァ……お前、もう二度と出て来んなッ！」

俺は、苛立《いらだ》ち紛れに転がる侍ロボの頭部を蹴飛《けと》ばした。

コイツ、顔面からビームは出すわ、指が銃口になるわ、しかも指のは弾がしっかり散弾型ビームとかいう極悪仕様である。

全然騎士道精神も武士道精神も持ち合わせてなかった。不意打ちしまくりだった。

しかもあの剣、普通にエンと鍔迫《つばぜ》り合《あ》いが出来るくらいに優れており、これを外で売ったらひと財産になるだろうな、なんてことを思ってしまうくらいには斬れ味が良く、冷や汗掻《か》きまくりである。

神槍だけは、流石に防げないようだったが。

で、他と比べて比較的小型でスマートな形状をしているため、俊敏さもそれ相応であり、空間を縦横無尽に——本当に宙に浮いたり天井にくっついたりとかしやがり、あと、背中のブースターで急加速とかやってきて、この狭い空間を三次元機動で動き回っていやがったのだ。

マジで憎たらしいほどに嫌らしいヤツだった。

「ぐっ、痛《いて》ぇ……」

最終的な勝者は俺だったが、流石に無傷とはいかず、致命傷だけは全て避けたものの幾らか散弾ビームを食らってしまった。己の肉の一部が消し飛び、傷跡が焦げている。

あれマジで許せねぇ、不意打ち性能が高過ぎる。

全く……こんなしっかり負傷したのは、いったいいつ以来だろうか。

「ユキさん！」

と、俺の負傷具合を見て、普段あまり見ない慌てた様子ですぐこちらに駆け寄ってきたレイラが、彼女用に持たせているポーチを開き、上級ポーションを取り出して振りかけてくれる。

瞬時に始まる、怪我《けが》の再生。

「もう、無茶して……！」

「っ、フゥ……おう、大丈夫だレイラ、こんくらいは。痛いだけで死にはしねぇ。リルと森を駆け回ってた頃は、これくらいはしょっちゅうだったからな」

もう懐かしいと感じる日々だ。

今よりまだまだ全然弱く、圧倒的弱者として、森を駆け回った毎日。マジで命懸けで大変だったが、今となっては良い思い出である。

……いや嘘《うそ》、そんなに良い思い出ではない。くたばれ魔物ども、と思った記憶しかない。

あぁ、リル。お前がこの場にいれば、もっと楽だった。あの侍ロボ相手でも、もっと戦いようはあっただろう。

「ぶぅ、うぅ……」

と、俺の負傷を見て心配してくれたのか、今にも泣き出しそうに顔を歪《ゆが》めているサクヤ。お前のそんな顔も可愛らしい。

「はは、サクヤ、大丈夫だ。そんな泣きそうな顔すんな。父ちゃんはこの程度、何度も経験済みだ。な、エン」

「……ん。主なら、全然大丈夫。だから、怖がらなくていい」

擬人化したエンが、よしよしとサクヤの頭を撫《な》でる。

それで安心したのか、もう決壊寸前といった感じだったサクヤが、だんだんと表情を和らげていく。

「子供にあまり語ってほしくない武勇伝ですねー……真似しそうでー」

「はは、まあそうだな。ただ、サクヤはどっちにしろ、親が何を言っても無茶しそうな気もするが。俺達の知らないところで」

「……やはりこの子には、色々と教えてあげないとなりませんねー」

「おう、そのためにこんなところまで連れて来た訳だしな」

そうウチの家族で話していると、エルドガリア女史がこちらにやって来る。

「……魔王、大丈夫なのかい？」

「あぁ、問題ない。怪我は今治した。ただ、こっから先は覚悟を決めてもらうことになるぞ」

あの侍ロボは強かった。

もう性能は理解したので、次戦ったらこんな苦戦せずにぶっ壊してやる自信はあるが、仮にあれが二体も出て来たならば、ちょっとどうなるかわからない。

SFアルマジロだけならまだ良かったんだけどな。アイツらだけなら、数体出て来た程度であれば対処出来るだろうが、例の阿修羅《あしゅら》ゴーレムとか、侍ロボとかに対しては、そんな余裕は持てない。

全く、キツいぜ、この遺跡。

「……ま、大変なのはわかるよ。今のアンタの様子を見ればね。だけど、魔王。悪いがアタシらは、それでも知的欲求に突き進む一族だ。アンタが無理と言わない内は、先へ進むよ」

「はは、ま、そうだよな。わかった、じゃあ――」

と、話していたその時。

増大する圧力。

地面を転がる音。

すぐに警戒に移り、そちらへと視線を送ると——おっと、何やらSFアルマジロどもの姿が見えますね。

それも、先程とは違う、数えられないくらいの数が。

さては侍ロボ、お前仲間呼んでた？

「た、退避ー‼」

あの数を相手するのは流石に無理と判断した俺は、そう声を荒らげ、全員大慌てで来た道を戻ったのだった。

◇　◇　◇

「ハァ、ハァ……みんな、無事か？」

どうにか戻ってきた、遺跡の外。

両膝《りょうひざ》に手を突き、荒く息を吐く。

「何とかね、ウチのは全員無事だ。……全く、この歳《とし》でこの全力疾走はキツい」

「し、死ぬかと思ったです……」

「こんなに走ったの、いつぶりでしょうかー……」

何とか全員無事に、逃げて来られたようだ。

元来た道を戻り、地上へと帰ったら、ヤツらは追って来なくなった。やはりあの遺跡専用の警備、ということなのだろう。

その後大分時間を空けてから、恐る恐る俺だけもう一度入って確認してみたのだが、完全に警戒は切れたらしい。

SFアルマジロやSFプテラの姿は無く、多少奥まで入っても何も出て来なかった。

警備状況はリセットされた、と見るべきだろう。だからと言って、それが解決策になる訳ではないのだが。

俺達の目的は、奥へと向かうことなのだから。

――問題は一つ。

サクヤが示したルートに、敵がいたという事実。

つまり、あれでもあそこが、最も安全なルートであると考えるべきだ。

にもかかわらず、ああして警備がしっかり出て来た。いや、まあ当然と言っちゃ当然なのだろうが。

あんな一気に来たのは、ぶっちゃけ運が悪かっただけのような気がしなくも無いが、あの強さのゴーレムの、あの数だ。

俺としても無理はしたくない。というか、サクヤ連れてる時点で、何か解決策がない限りあそこへは向かえない。

危険かもしれない場所に連れて行くのと、はっきり危険だとわかっている場所に連れて行くのでは、状況が大違いだ。

「……お師匠さん、どうするんだ？　あそこが最短だとは思うが……多分、もう一回行っても同じような目に遭うと思うぜ。それでも、諦《あきら》める、なんて訳はないんだろう？」

「お、アンタもアタシらという種をよく理解出来てきたね。——当然さ！　未知があるのに探求をやめる？　そんなことは、天地がひっくり返ってもあり得ない。仮に今、アンタが家族を連れて帰ると言っても、アタシらだけで残って調査を続けるね」

わかり切ったことだと言わんばかりに断言する彼女に、俺は苦笑を溢《こぼ》す。

ま、そうだろうな。

アンタら羊角の一族は、そういう種族だ。

「あぁ、けど魔王。アンタ、アタシらに付き合わなくても、本当にいいんだからね。特にアンタの息子は、すでに歴史に名を残すような偉業を達成してくれた。ハッキリ言って、アタシらの十年分以上の研究成果を現時点で出してるんだ。自分の守るものを優先してくれていい」

「魅力的な提案ではあるんだがな。残念ながら、その選択は俺も取れないんだ。見ろ、このウチの妻の顔を。本当は残って研究したいが、サクヤの母である以上そんな危険を冒す訳にはいかないって葛藤《かっとう》しまくってるだろ？」

「ん、あはは、確かにそんな顔だ。これ以上無いような葛藤の仕方さね」

「えっ、いえ、そんなことはー……」

「おう、残念だがレイラさんや。今のあなたは自己申告するより雄弁に顔に出てるんで、何を言っても無駄だぜ？」

「……意地悪ですよー、ユキさん」

ちょっと拗《す》ねたような目を向けてくる我が妻に、俺は笑って肩を竦《すく》める。

「レイラお姉さまが、自分の好奇心を後回しにする……まさかそんなことがあり得るなんて、少し前の自分なら信じられなかったです」

「全くもって同感だよ。アンタ、本当に母親になったんだねぇ……」

「……もう、私の命は、私だけのものではないですからー」

二人の、眩《まぶ》しいものを見るような表情を受け、少し照れたように顔を逸《そ》らすレイラ。

もうホント、ウチの妻らは一々反応が可愛いから困る。

「それに、サクヤが奥へ行きたがってるみたいだからな。多分これで帰ろうものなら、それはもうしばらくギャン泣きで、手が付けられなくなっちまう。だから、ここまで来たら最後まで付き合うさ」

「……エンも、あの先、何があるのかとても気になる。ワクワク」

「あぁ。ワクワクだ」

「そうかい……ありがとう、それなら助かるよ。実際、アンタらがいてくれるのとそうじゃないのとじゃあ、雲泥の差ではあるからね」

「ただ、自分で言うのも何だが、俺で突破出来ないとなると相当辛いと思うぜ？　何か策はあるのか？」

「ま、正面突破は無理さね。それは間違いない。が、それならそれで、やりようはあるのさ。いいかい、魔王。こういう時に使うものは、決まってるんだ」

「……何だ？」

エルドガリア女史は、ニヤリと笑って言った。

「人脈、さ」

◇　◇　◇

数日後、新たな飛行船に乗ってやって来たのは、魔界王と、その奥さんのクアラルカ女史だった。

「お久しぶりでございます、ユキ様」

「──やあユキ君、久しぶりだね」

以前と変わらぬ様子の二人は、エルドガリア女史の次に、レイラとエンに挨拶《あいさつ》をした後、レイラが抱っこしているサクヤの顔を覗《のぞ》き込む。

「おぉ……！　この子がユキ君の子か！　いやぁ、可愛いねぇ。男の子？　女の子？」

「男の子だ。名前はサクヤ、レフィとの子だな。サクヤ、父ちゃんの友人のフィナルお兄ちゃんと

クアラルカお姉ちゃんだ。あ、フィナルはフィナルおじちゃんでもいいぞ」

「はは、まあうん、おじちゃんでいいよ。正直お兄ちゃんよりはそっちの方がしっくり来るかな」

「私も、クアラルカおばちゃんで構いませんよ、ユキ様。そこはお気になさらず」

「あぁう！　うぅ！」

基本的に人が好きなサクヤは、初めて見る二人に対しても全く物怖じせず、「遊んでくれるの？」とでも言いたげに二人に向かって笑いかける。

「はは、人懐っこい子だねぇ！　見てよクア、僕らを見て笑ってくれてるよ」

「えぇ、賢き子です。私はあまり、子供に好かれる方ではないのですが……可愛い子です」

フィナル夫婦は、ウチの子を見てやいのやいのと話す。

冷静沈着なメイド、といった感じのクアラルカ奥さんの頬が緩んでいるのが、何だか微笑《ほほえ》ましい。

「それにしても、まさかお前が助《すけ》っ人《と》で来るとはな。よくまあ、こんな辺境の地くんだりまで来たもんだ」

「いや、アタシは呼んでないけどね。呼んだのはあっちの、学者軍団だ」

エルドガリア女史の指差す先にいるのは、フィナルと同じ飛行船に乗ってやって来た、他の人員である。

「……魔界王？」

怪訝《けげん》に問い掛けると、ヤツは楽しそうに笑みを浮かべる。

「随分と歴史的な発見だそうじゃないか。ならば王として、それを見ないというのは嘘だ。せっかく魔界にあるのだし、一度確認を――」

「この方は、基本的に仕事以外出来ないお人ですので、それが一段落したところで休息を取らせるべく連れて来ました。このままでは、仕事が終わったらすぐに次の仕事を始めそうでしたので」

「――しようと思って、クア、まだ僕話してる途中だったんだけど」

「えぇ、そうですね」

平然とした様子の妻に対し、魔界王は「参ったな」と言いたげな様子で苦笑する。

「おう、順調に、仲を深めているようで何よりだ」

「いやもう、本当にね。妻とは王の上に君臨しているものだということを日々実感しているよ」

「おっ、よくわかってんな。ようこそ、夫の領域へ。歓迎するぜ」

「フフ、ま、君と同じ領域に立てたのならば良しということにしておこうか」

思わず握手する俺と魔界王。

俺は今、お前とさらなる友情を築けそうだ。

なお、そんな夫達の友情に対し、妻達は生暖かい目でこちらを見るのみである。

「ま、そういう訳で、ぶっちゃけ旅行気分だね。遺跡に興味があるのは本当だし、ユキ君もいるみたいだから、仕事終わりでちょうどいい今、挨拶でもしに行くかと思って来てみたんだ」

「だそうだ、お師匠さん。コイツの相手はテキトーでいいぞ。丁寧に対応するのはクアラルカ女史だけでいい」

「……世界の要とすら言える今の陛下にそんな口を利けるのは、世界広しと言えどきっとアンタくらいだろうさね」

「あはは、まあそれがユキ君だよね。仮に、今更敬われたりなんかしたら、僕は偽物と判断して警備を呼ぶよ」

「おう、そうしな。それが正しい対応だ」

　そうして挨拶が一通り済んだところで、俺は問い掛ける。

「それで、お師匠さん。新しく応援を呼んだのはわかるが、どうすんだ？」

「あぁ、説明しよう。魔王、あのゴーレム達と戦った時の様子、覚えてるかい？　アイツら、明らかに同士討ちを避けていたね？」

「ん？　あぁ、そうだな。味方ごと攻撃でもすれば、もっと苦戦しただろうなってのは思ってた」

「そうさ、その通り。そして重要なのは、いったいゴーレム達は、どうやって味方を判断しているのか、という点さね」

「……もしかして、ゴーレムどもにこちらを誤認させて、侵入を誤魔化すつもりなのか？」

「正解。この数日間、アンタが狩ったゴーレムを使ってアタシらがしていたのは、その解析。いやはや、レイラがいてくれて助かったよ。こういうのはあの子が一番優れてるんだ。もう粗方解析は終わったんだが、レイラがいなければさらに倍の時間が掛かってもおかしくないからね」

「フフン、レイラお姉さまは、すごいんです！　……というか、里にいる頃よりも、そういう感覚がさらに鋭敏になってるように思うです」

　そう話すのは、一緒にいたエミュー。

「それはアタシも思った。アンタ、前にも増して、随分解析が上手《うま》くなってるじゃないか」

「私は、ユキさんのところで色んなものを見せてもらっていますからねー」

「……やっぱり、里だけの環境じゃあ、研究は停滞するのかい。優秀なのは、ある程度外に出した方がいいのかねぇ。今なら飛行船があるし、そう難しくもない。考えるべきか」

「いえ、それもあるとは思いますが、我が家は少々……いえ、大分特殊ですので、参考にならないかとー。ですが、外の環境を学ばせるのは良い案だと思いますー」

「外、ですか。興味はあるですけど、里の環境より良いのか、ちょっと疑問ではあるです」

「ん、問題はそこさね。ウチの里は、環境だけで言えば、ハッキリ言って外より桁外《けたはず》れに良い。だが、得てして重大な発見をした者は、里から出ている場合が多い。今回の遺跡のようにね。勿論《もちろん》、学問にはよるが――」

「どちらにしろ、せっかく飛行船を手に入れているのですー。まずは色々と向かい、研究に適した地を――」

「それは、ちょっと楽しそうです！　一大事業にはなると思うですけど、多分立候補する子は――」

「あー、悪いが三人とも。議論はまたにしてくれ。アンタらがそれをやり出すと、マジで止まらんからさ」

　さらなる議論に発展しそうになったところで声を掛けると、彼女らはハッと我に返り、バツが悪そうに各々咳払《せきばら》いしたり、視線を逸らしたり、曖昧《あいまい》に微笑んだりする。

　羊角の一族は、こういうところがある。興味の引く話題が出た瞬間、こうやって延々と議論が発生するのだ。

レイラは家ではそんな面を見せないが、こうして里の者といると彼女らと同じようになってしまう辺り、血筋を感じるものである。

「とにかく、話はわかった。じゃあ、もしかして今回呼んだのは……鍛冶《かじ》職人、とかか？」

「そうさ。このゴーレム由来の素材を、アタシらが使えるように加工するための人員だ」

エルドガリア女史が呼んだ集団は、羊角の一族だけではなく、他の魔族やドワーフ、エルフなど、幅広い種族がいた。

彼らもまた技術者らしい顔で、眼前にそびえ立つ遺跡を見て活発に意見を交わしており、元々活気があったこの場所が、さらなる活気で溢《あふ》れ始めた印象だ。

加工か……つまりは、認識阻害のアイテムなんかを作るつもりなんだな。

「ちょっと前は、こんなことも出来なかったんだけどね。それが、今なら可能だ。アンタらが戦争で獲得し、魔界王陛下がそれを十全に活用した結果だよ」

「はは、まあ国際交流は、僕の仕事の一環ではあるからね。上手くそれを活用してくれているようで何よりだ」

肩を竦める魔界王。

最近は子供達の世話もあって、ダンジョンに引きこもり続けている毎日なので、今の世界情勢がどうなってるのかは知らないのだが……順調に、良い方向に回ってるんだな。

「で、魔王。頼みがあるんだが、もうちょいゴーレムを狩ってきてくれないかい？」

「あー……前に俺が狩った分だけじゃ、調査員全員分の装備が造れないのか」

「そういうことさ。多ければ多い程良いが、出来れば、あと五体。それで何とか目途が立つと思ってる。アンタが対応可能な範囲でいい、頼めないかい」

「オーケー、わかった。んじゃ、今から行ってくるわ」

「あ、ユキ君、僕も付いて行っていいかい」

そう言うのは、魔界王。

「え、まあいいが、かなりの危険地帯だぞ？」

「うん、大丈夫、わかってる。けど、せっかくこんなところまで来たんだしね。クア、君はここの人達と交流を深めててくれるかい」

「畏《かしこ》まりました」

「それじゃあ行こうか、ユキ君」

「へいへい。エン、頼む」

「……ん、わかった」

そうして俺は、大太刀に戻ったエンを担ぎ、魔界王を伴って再び地底世界へと向かった。

なお、ヤツの護衛の人らは泡を食っていたが、まあ俺は知らん。

文句はアンタらの王に言ってくれたまえ。

◇　◇　◇

「へぇ……ここが」

降り立った地底世界を見て、魔界王は楽しそうな声を漏らす。

「すごいね……こんな綺麗《きれい》なところ、見たのは初めてだ。それに、ものすごい魔力。能力に関しては非力そのものな僕でもわかるよ。ここは、異質な空間だと」

「恐らくは世界の始まりの地だとよ。少なくとも神代の遺跡ではあるらしい。気を付けろよ、油断すると死ぬぞ、マジで」

「シェン君が喜びそうだ。帰ったら彼にもここの話をしてみるとしようか」

ローガルド帝国の元皇帝、シェンドラ＝ガンドル＝ローガルド改め、シェン。

今は魔界王の下で研究に勤《いそ》しみ、割と充実した日々を送っていると聞いている。

奇妙な縁だが、バチバチに殺し合いの戦争をしたヤツとも今は友人と言える関係であり、結構気軽に話せる相手だ。

殺し合いから築く関係とは、なかなか面白いものである。

「元気でやってんのか、シェンも？」

「うん、ウチの研究班に交じって、日々好きなことに従事してるよ。いやはや、ちょっと羨《うらや》ましくなる引退生活だ。僕もそんな日常が送りたいものだね」

「嘘つけ、お前は今が最盛期だろうよ。日々悪巧みしてんだろ？」

「あ、酷いねぇ、僕のことを何だと思ってるんだい、君は」

「腹黒」

「正解！」

正解、じゃねぇんだわ。

「お前は全く……まあ今更か。そういや、今の情勢は、どうなってんだ？　俺、最近は子供達の世話で引きこもってるから、全然外のこと知らねぇんだが」

「まー、問題は当然の如く次から次へと出てくるし、利権の衝突、種族問題、過去絡みの問題、もうこれ一生解決しないだろうな、なんてことを思っちゃうものは幾つもあるよ。けど、それでも全然マシだ。いがみ合っても、糾弾し合っても、殺し合わないなら平和そのものさ」

あっけらかんと、そう言い放つ魔界王。

「……殺し合わなければ平和か。多少はマシな未来を……俺達で作れたのかね」

「そうあらんとしているところではあるね。ま、それでも今はもう大分楽にはなってきてる。こうして僕が、ちょっと余裕を見て外に出て来られてるくらいだし」

「そうか……お前らが頑張ってくれてるおかげで、俺は安心して隠居が出来てるよ」

「はは、ま、君には皇帝までやってもらった訳だからね。それが本職の身としちゃあ、君の頑張りを無駄には出来ないさ。——ところでユキ君、話は変わるんだけど」

「おう、何だ」

「僕の見間違えじゃなければ、こっちに向かってやって来る、何か動物のようなゴーレムが見えるんだけど」

「そうだな、俺も見えるな。あれは『エンシェントゴーレム』。通称ＳＦアルマジロ、だ。敵が一線を越えて侵入してきたから、遺跡が反応したんだな。まだ少なめで助かったわ」

どこからがヤツらの警備範囲か、ということは、応援を待つ間のこの数日の調査で、すでに判明している。

やはり、城壁から先。そこに踏み入ると、遺跡が反応する。

空を飛べば、ＳＦプテラが。地上を行けば、ＳＦアルマジロが。

ちなみにあの侍ロボに関しては、あれ以来出て来ていない。やはりヤツは、ワンオフ品の特別なゴーレムだったらしい。

「……そうかい。あれはいったい、どれくらい強いんだい？」

「それはもう超高性能だが、所詮《しょせん》ゴーレムだから動きを見切るのはそう難しくない。フィナルんところの護衛でも捌《さば》けるとは思う。が、問題は装甲の硬さだ。エンでようやくってところだから、剣の腕が無いとそもそも何も攻撃が通らん。聞いた限りでは、どうやらミスリルとアダマンタイトの合金らしいな」

「なるほどなるほど。つまり、ほとんど手も足も出ないってことだね。僕、エン君程鋭い剣って、他に見たこと無いし。君が持ってる、戦争で使ってた特殊な形状の槍《やり》くらいかな」

『……ん。当然』

フィナルに褒められ、フフンといった感じの感情を漏らすエンである。可愛いヤツめ。

「それじゃあ、仕事だ。お前、そっから前に出て来るなよ。死ぬから」

「うーん、了解。はは、実はここ、死地なんだね」

「今更だな。観光に来たんだろ？　せっかくだから、スリルを味わっていけ」

肩を竦《すく》めて俺は、ＳＦアルマジロどもの迎撃に向かった。

◇　◇　◇

「いやぁ、相変わらず強いねぇ、ユキ君」

フィナルは、少し先で行われている戦闘風景を見ながら、思わずそう笑っていた。

襲い来る、生物的な印象を感じさせるゴーレム達を、次々に斬り捨てていくユキ。

鎧袖一触《がいしゅういっしょく》という風に感じられる戦闘の様子ではあるが、しかしよく見ていると、彼も神経を使って慎重に戦っている様子が窺《うかが》え、集中しているのが見て取れる。

恐らくは、それだけあのゴーレム達も、しっかりと強いのだ。それこそ、並の戦士どころか、一握りの強者であっても、逃げ帰るしか出来ないような強さが。

彼はウチの護衛ならば捌ける、なんて言っていたが、果たしてそれが本当かどうか。

――フィナルがここへ来たのは、クアラルカが語ったように、ほぼ強制的に休みを取らされたのが理由である。

いわゆる『仕事人間』である彼は、仕事の息抜きに別の仕事をするタイプであり、そしてそれが苦ではなく、故に一国の王として仕事漬けとなっても、彼にとっては望むところなのである。

まあ、それでも疲れというものは溜《た》まっていくのだが、フィナルが限界になる前に、今回のようにクアラルカが強制的に休息を取らせる訳だ。

ただ、フィナルとしても妻とゆっくりしたいという気持ちは確かにあったし、それに新しく見つかった遺跡というものにも興味があった。

エルドガリア女史との縁が出来たことで、羊角の一族との交流は以前よりも増やしており、その関係で彼の下にもこの遺跡に関する報告は入っていて、物資等に関して幾つか援助もしていたのだ。

神代に造られたらしい遺跡ということで、なかなか面白そうだとは思っていて、そのため今は実際旅行気分であり、この光景を見て、現時点で割と満足していた。

特に、ユキのド派手な戦闘を見るのは、普通に面白い。酒でも飲みながら観戦したい気分である。

「……神代の地、世界の始まり。僕は、あまり皆のように過去に興味がある訳じゃないけど……確かにこの光景を見ると、気になっちゃうねぇ。はてさて、ここが本当に文献の地なのか。全く、ユキ君と付き合ってると次から次へと面白いものが出て来るものだ」

◇　◇　◇

最終的に、ＳＦアルマジロを十体くらいはスクラップに変えただろうか。

一気に十体来た訳ではなく、後から追加が増えていったのだが、割とキツかった。

やっぱ数が出て来ると、強い。質の伴った量は脅威そのものだな。

その俺の戦闘を観戦していたフィナルは、大喜びで手を叩《たた》きながら「いやはや、君の戦いっぷりは派手で面白いねぇ。お酒が飲みたいところだ」なんて言ってやがった。

お前な。

ただ、そこから数日の間は、ちょっと暇になる。

頭脳労働ではなく、純戦闘要員である俺は、ＳＦアルマジロを使って技術者達が作業している間はやることがほとんど無いので、エンと共にサクヤの世話をし、フィナル夫妻と雑談に興じるくらいである。

こういう時に、本来は周辺領域の安全の確保をするのだろうが、一日目に大規模な間引きをやったおかげで、対処しなければならないような魔物の気配は一切無く、平穏そのもの。

あと、フィナルが地底世界を妻に見せてあげたいと言うので、警備が出て来ない辺りまでは観光に付き合ったりもした。

フィナルがクアラルカ奥さんを大事にしている様子を見て、思わずニヤニヤしていたら、ヤツに「……うーん、普段ならユキ君に対してこんなことを思わないんだけど、今だけはちょっと、腹が立つねぇ」と珍しくピキらせることに成功した。

煽《あお》り耐性マックスのヤツを苛立《いらだ》たせることが出来たのなら、俺も大したもんだ。

なお、隣のクアラルカ奥さんもフィナルを煽る方に乗っかり、するとフィナルは困ったような顔をしながらも、「やれやれ」といった様子でそれを受け入れるのだ。

幸せそうで何よりである。

なんか、本当に旅行に来たって感じで、満喫している二人だ。みんなが忙しくしてる中でちょっと悪いとは思うが、実際することが無いので、フィナル夫妻と酒盛りなんぞもしたしな。なかなかそれも楽しかった。

まあ、普段は王として、それはもう目も回るような忙しさなのだろうし、これくらいのんびりした時間も必要だろう。

一種の超人と言えど、ヒトはヒトだ。休息は必ず必要である。

そして、大分暇していた俺達とは違って、レイラの方は本領発揮といった様子で超忙しそうにしていたのだが、とても良い笑顔であった。

一分一秒が勿体《もったい》ないとばかりに研究に従事しており、食事もテキトーで夜もほぼ徹夜みたいな感じだったので、飯はちゃんと食えと珍しく俺の方が苦笑しながら注意したくらいだ。

そんな俺達の様子を見て、エンなんかも「……主が注意してるとこ、初めて見た」なんて興味深そうにしており、レイラはちょっと恥ずかしそうにしていた。

まあ、我が妻よ。そんなお前も俺は愛しているぞ。

「サクヤ、悪いな。レフィ達に会えなくてちょっと寂しいかもしれないが……もうちょっとだけ付き合ってくれ」

「ぶぅ、あうぅ」

「ま、お前も興味があんだろ？　あの城の先に、いったい何があるのか。俺もお前も、男だからな。こういうものにワクワクするのは、よくわかるぜ」

しばらくレフィ達に会っていないサクヤだが、やはりそれが寂しく感じる時があるらしい。

多分レフィを探してんのかな、と思うような感じでキョロキョロしてから泣く時があるのだが、ただレイラがあやすと泣き止《や》むので、彼女のこともしっかり母として認識してくれているようだ。

なお、いつも通り俺があやしても泣き止まない。まあわかってたことだが。

ちなみに、エンがあやした時は、泣き止む時とそうじゃない時がある。

本気で泣いている時は彼女では泣き止ませられないが、軽く泣いているだけの時なら何とかなる感じだ。

あと、少女組の中で、リウとサクヤを泣き止ませるのが一番上手いのは、実はシィである。次がレイス娘達。

二人がペットの中だとセイミに一番懐いているように、シィのあの独特の身体が二人には見ていて面白いらしく、すぐに泣き止むのである。

レイス娘達も、常にふよふよしているのが面白いようで、彼女らが近くにいるとそちらを目で追いかけ、泣いていることを忘れるのだ。

それでイルーナとエンが、ちょっと悔しそうにしている様子を数回見たことがある。可愛いものだ。

「――――ユキさんー、ユキさん、いますかー？」

「お、どうした、レイラ?」

そうしてサクヤの世話をしていると、最近ニッコニコな様子の、そして今もニッコニコなレイラが俺のところへやって来る。

「お師匠様が、呼んでいますー」

「! ということは……」

「はい。――試作品が、完成しましたー」

◇　◇　◇

「来たかい、魔王。よし、これを着てみてくれ」

そこにあったのは、有り体に言えばスクラップで構成されたような、継《つ》ぎ接《は》ぎだらけの鎧《よろい》だった。

装飾など一切存在せず、恐らく無駄もまだ多いであろう、有り合わせの品で形成された感満載の品である。

SFアルマジロを思わせる部位も幾つかあって、ただそれでも最低限『鎧』として機能するだけの形にはなっている。

鎧か……考えてみれば俺、この世界で防具を装着するのって、初めてかもしれない。

動きにくさのせいで、今まで毛嫌いしてたし。

「うわ、重《おめ》ぇ……これ、俺ならまだ何とかなるが、他のみんなじゃ動けなくなるだろ」

レイラの手を借りて装着してみるも、かなりの重量がある。

これを着たまま戦闘はしたくないな……やってやれないことはないだろうが、機動力マイナス二十パーセント、って感じだ。

「そこはまだ考え中さ。ただ、まずはその鎧が効果を為《な》すかどうか。そこを確認しないとね」

「これが効果を及ぼすことを切に願うね。──よし、それじゃあさっそく試そう」

そうして、流石にもう慣れて来た通路を辿《たど》り、再び俺はエンと共に地底世界へと降り立つ。

皆はかなり後ろに離れ、鎧を装着した俺だけが、ゴーレム警戒網に引っ掛かる領域へと入り込む。

すると、やはり感知はされたようで、ＳＦアルマジロが数体出現するが──。

「……おぉ」

襲われなかった。

俺の存在を見ても反応を示さず、どこかのお掃除ロボットみたいな挙動で周囲をキョロキョロと動き回り、敵を捜索している。

なるほど……ウチのダンジョンで言うならば、ダンジョン領域内に敵が入り込んだことは感知出来た。

が、それを排除するリル達が、敵を感知出来なかった。

そういう状態なのだと思われる。

ウチの面々なら、各々で機転を利かせて──というか、リルが『マップ』機能を利用出来るので、それで判別が付けられるだろうが、ゴーレムにそんな融通は利かせられないのだ。

面白い。また一つ、ゴーレムの脆弱性《ぜいじやく》が見えたな。

『……透明になったみたい』

「な。この鎧、しっかり効果があるようだ。ただ、やっぱり重量がネックだぞ、これ」

『……技術者の人、すごかった。きっと、何とかすると思う』

「……そうだな。そこは俺が考えるところじゃないか。何より、レイラがやる気満々だったし、何とかするか」

この結果を戻って伝えると、皆はしっかり成果が出たことにまず喜び、それから再び、調整の日々が始まる。

どうも、装甲に宿る魔力を利用してゴーレムどもに味方と誤認させる仕組みであるようで、故にここからは、どこまで削っても問題ないかの確認をするようだ。

なるほど、それで最初はあんな、ずんぐりむっくりな、明らかにデカい形状をしていた訳か。

俺は、新たな試作品を着込んでは何度も地底世界に入り、チキンレースが如く、どんどん軽くなっていくスクラップ鎧の性能を試していく。

最終的には、最初の鎧の二分の一くらいの重量となり、これでもまだ少々重いが、ギリギリ許容の範囲内だろう。ここからさらに、軽量化の魔法も掛けるみたいだしな。

そして、すぐに同じものが調査隊の人数分用意され、物資等も整い。

――ヴェルモア大森林遺跡の、本格的な攻略が開始される。

◇　◇　◇

「陛下、アンタも付いて来るのかい？」

「勿論《もちろん》さ。ここまで来たのならば、最後まで付き合うよ。ねぇ、クア」

「……申し訳ありません、エルドガリア様。我が夫は、こう言い始めたら翻意を促すことは非常に難しく」

楽しそうな魔界王に対し、妻のクアラルカ奥さんは、微妙に申し訳なさそうに頭を下げる。

なお、奥さんの方は俺達には同行せず、調査キャンプにて待機である。まあ、それはしょうがないだろう。

当然のことだが、はっきり言って魔界王も奥さんも、調査という点で言えば何の戦力にもならんからな。

それを二人ともわかっているが、それでも引かないのが魔界王である。

……つっても、多分コイツがこうやって言う時は、それが必要なのだと思っているからなんだろうがな。

「あー、わかりますよ、クアラルカさんー。私の夫も、そういうところがありますのでー。良くも悪くも、こうと決めた時は曲げないのですよねー。殿方であれば、多少頑固なところも持っていてほしいものですが、それが悪いところで働くんですよー」

「ええ、ええ、わかります。殿方は基本的に見栄っ張りなところがありますが、そこに頑固が合わさると少々面倒になるのですよね」

「ユキさんも、魔界王陛下も似たところがありますものねー」

おっと、こっちにも飛び火してきたな。

妻達の言葉に耳が痛い我々は、スッと視線を逸らす。

ちなみに、サクヤの分の鎧もしっかり造られ、実は最も手の込んでいるのが我が子のではないかと思わなくもない。

幼児が着ても、不愉快さで泣かないよう、それでいてしっかり効力を及ぼすよう、限りなく軽く造りながらも関節部分などに非常に細かく手が加えられており、サクヤのだけ普通に実用品という感じである。

加工を行った技術者達が、腕の見せどころだとなんかすごい張り切って造ってくれたのだ。

おかげで、大人でも不便さの感じる鎧を着せても特にぐずることなく、ただ不思議そうに自分の身体を見ていた。

そして、鎧着用赤子という姿を見てみんな可愛い可愛いとデレデレになっており、サクヤはもう羊角の一族には大人気である。

この遺跡の、地底世界を見つけたのもサクヤだし、それもあって一気にウチの子の名が広がった感じだ。

「オホン、それより、準備が出来たのならさっそく行こう」

「そうだね、そうしようか。——さあ、アンタら、いよいよだ。ここに、特大の未知と神秘がある。それを解き明かすチャンスが、目の前にある。気合入れて行くよ！」

エルドガリア女史の言葉に、皆は「おぉ！」と声を張り上げた。

——そして、遺跡攻略が開始。

先頭は、いつも通り俺。すでに顔なじみとなった調査隊の面々を連れ、向かう先は、以前に逃げ帰った隠し通路の下水道。

羊角の一族の面々は城下町の方も調べたいようだが、何はともあれ、まずは遺跡最奥へ辿り着くことを目指す。

「へぇ……ここは下水道なのかい。現代ともほとんど変わらないか、それ以上の技術力を感じるね。後世に伝わらなかった技術もたくさんここにはありそうだ」

「あぁ、今なら再現可能なものも多いが、当時のものとしてはあまりにも隔絶した技術力さね。まさにロストテクノロジーだ」

二人の会話を聞きながら、横で俺は思う。

神代の技術っていうか……多分、異世界から持ってきた技術なんだろうけどな。

その辺りを家族以外に話すことはないが、俺は元々異世界人であり、ダンジョンでは同じように異世界の技術が使用出来る。

そして、この世界そのものである『ドミヌス』と『ダンジョン』は本質的には同じものだ。

違いと言えば規模の差くらいで、である以上『ドミヌス』の『原点』たるこの場所でも、同じことが出来たはずだ。

だから、その気になればもっと近代の技術も使えたはずなのだ。それを、やらなかっただけで。

他所から完成した技術を持ってくるのではなく、一から文明を発展させていくために、わざと石積みの文明から始めたのだと思われる。

まあ、エンシェントゴーレムとかいるし、都市自体も大分先進的な造りになっているが……うん、我慢出来なかったのかもしれない。

どっちにしろ、急に現れた超文明な訳だし、そりゃあ後世に伝えられず消え去った技術は、たくさんあったことだろう。

と、そんなことを考えていた俺は、そこで警戒態勢に入る。

「――来た、ゴーレムどもだ」

前回と同じ辺りの場所まで来たところで、やはり同じようにゴーレム達が現れる。侍ロボも一緒だ。ここだとセット運用なんだな。

ただ、前回と違うのは、向こうが俺達に気付いていないという点だ。

しっかり鎧が効果を及ぼしているようで、ゴーレムの顔らしき部位がこちらを向くが、何のリアクションもなくまた別の方向を向く。

こうなることはわかっていた訳だが、うむ、すごい。よくまあ、この短期間でこんな偽装を可能にしたものである。

皆、ちょっと緊張した面持ちであったが、ゴーレム達がこちらを気にしていないのを見て、ホッと安心した様子だ。

まあ、仮に急に敵対でもされれば、普通に死ねるからな。そういう反応になるのも当たり前のことだろう。

「……行くよ、アンタ達。ただ、油断しないように。道具はあくまで道具。過信し過ぎるんじゃあないよ」

それから、しばらく下水道を進む。

時折ゴーレム達とかち合うが、その横をすり抜けて奥へ奥へと向かう。

一本道ではなく入り組んでいるが、そこで力を発揮するのがサクヤレーダーだ。

ここまでと同じように、的確に道を指し示し、もはや誰一人それを疑うことなく我が息子に従って歩く。

いや、初めてサクヤがレーダーぶりを発揮する様子を見た魔界王だけ、非常に興味深そうにしていたが、特に問い掛けてくることはなかった。

そうして進む内に、やがて俺達が辿り着いたのは、上への階段と、その先にある扉。

ここまでと同じように、俺が先頭となってそれを上り、奥にあった扉を開き――。

「ここは……城内に出たのか」

半ばそうだろうとは思っていたが、やはり下水道の繋《つな》がっていた先は、あの城だったようだ。

――無人の城。

壁に存在する無数の松明が煌々《こうこう》と燃え、内部を照らしている。

恐らくここは、ただの通路なのだろう。

通路とは思えない程広いし天井も高いが、壁にステンドグラスがはめ込まれ、地面に綺麗《きれい》な絨毯《じゅうたん》が敷かれている。

ゴーレムは、今のところいない。俺の警戒に引っ掛かるものもない。

どこか、兵器工廠《こうしょう》のようなところから派遣されてきているのだろうか。

「……みんな、大丈夫そうだ。入って来てくれていいぞ」

そう呼ぶと、全員が扉から中に入ってくる。

「ここは……あの城の中ですかー」

「あぁ。やっぱりここと繋がってたみたいだな、下水道」

「……ものすごい魔素の濃さだ。外の空間と比べても一層濃い。これが神代の通常だとしたら……いったいここで暮らしていた人々は、どんな強さを持っていたことか」

「はいです……魔力関係の能力は、一般人でもかなり秀でたものになると思うです」

俺は、サクヤを見る。

「サクヤ、行き先は？」

「あうよ！」

「オーケー、こっちな」

「……そろそろ、君の可愛い息子の、不思議能力について問いたくなってきたよ」

ポツリと呟《つぶや》く魔界王に、俺は肩を竦《すく》める。

「サクヤレーダーだ。原理は俺達も知らん。神のみぞ知る、だな」

サクヤの示す通りに歩いていた俺達は、だがすぐ行き止まりに辿り着く。

まず目につくのは、壁にある四つの巨大な扉。

一つ一つに何か記号らしきものが描かれており、そしてこの部屋の床にも、同じく何か記号らしきものが描かれている。

これは……謎解き、か？

ヒントと思《おぼ》しき壁画っぽいものもあり、頭脳労働が必要な場所のようだ。

「はは」

「？　どうしましたー？」

「いや……遊び心満載だと思ってな」

こんなデカい空間用意して、そこを丸々謎解きに使うとは。

参考になるぜ。俺も作ろう、今度。

「さて、お師匠さん。ここはアンタらの本領発揮――」

「あうぅ！　うぅ！」

「――と思ったが、すまん。先にウチの子が解いちまったようだ」

「あはは、しょうがないね。こりゃあアタシら、廃業しないといけないかもしんないね」

サクヤが示すのは、一つの扉。ここまでと同じように、アレが正解なのだろう。

悪いな、製作者の神。多分地の女神ガイア。

ウチの子……なんか不思議な力が使えんだ。本来ならここで頭を使ってほしかったんだろうが、ズルさせてもらうぜ。

◇　◇　◇

現在通っているここは、どうやら大部分が謎解きエリアになっているようだ。

サクヤの選んだ扉は大正解だったようで、道はしっかり続いていたのだが、その先で新たな謎解きに行き当たる。

が、それらはもう問題にならなかった。

サクヤは謎など見ていないが、最初からどこが正解かわかるようなので、全く意味を成していない。

いやもう、扉が一つだけで、場に置かれているボタンを順序良く正しく押す、みたいなヤツでも、サクヤが触りたがる通りに触らせると、扉が開くのだ。

いったいこの子は、何を見て判断しているのか。我が息子が大きくなり、しっかり会話が出来るようになる時が楽しみだな。

内部構造に関してだが、俺だったらアスレチックエリアを導入するところだが、今のところは謎解きだけ。

サクヤのおかげで全部正解しているので、失敗した時どうなるのか気になるところだが……まー、この謎解き、別に間違えても死にゃあしないんだろうな。

もしかすると警備のゴーレムどもは出て来るかもしれないし、延々と迷ったりするハメになる可能性も存在するが、多分即死ギミックみたいなものは存在しないと思われる。

で、きっとやり直しも可能なのだ。

何故ならここにある謎解きは、敵を通さぬために存在するものではなく、解かれることが前提で存在するものだろうからだ。

だから、最終的には突破出来るようになっているのでは、と思うのだ。

そもそも謎解きなんていうのは、解いてほしいが解いてほしくない。そんな風に思ってしまうものなのだろうから。

少なくとも、侵入者を阻むだけを目的にするのならば、もっと別の形にしていたはずだろう。

まあ、どうであるにしろ、今俺達がこうして謎解きしている様子をここの製作者の神——恐らく地の女神が見たら、挑戦している様子を見て喜ぶか、あるいはサクヤがギミック無視で突破するものだから、「それはズルい！」と憤慨することだろう。

なんて、ちょっと楽しくなりながら皆と共に先へ進んでいくと、やがて大広間のような場所に辿《たど》り着く。

奥に、上へと上るための大階段が見えるのだが——問題が一つ。

その手前に、見覚えのある形状をした、巨大なヒト型のゴーレムが、一体。

顔面にある、一つ目の宝玉。

数本の腕。

「久しぶりだな。いや、同型ってだけで、以前のヤツとは違うんだろうが」

――阿修羅《あしゅら》ゴーレム。

前回遭遇した個体と違うのは、手に持った武器の種類と、こちらはまだ錆《さ》び付《つ》いていない、という点だろう。

今は起動していないが、配置的に……これを倒さねば先に行けない、というところか。

「門番か」

直接的に殺しに来るようなのはないと思っていたが、全部が全部そういう訳じゃないらしい。つっても、ああしてわかりやすく「俺を倒せ！」みたいに配置されている時点で、相当楽をさせてくれているとは言えるだろうが。

「魔王、あれは……」

「あれもここまでのと同じ、エンシェントゴーレムだ。ただ、強さは段違いだぞ。以前アレと遭遇した時は、逃げることしか出来なかった」

「戦ったことがあるのかい？」

「一回だけな」

「ユキ君、あれ、仮に外の世界に出たら、多分一体だけで国を滅ぼせるだろうね。分類するなら、確実に『災厄級』だよ」

「……私も、そう思いますー。レフィならば勝てると思いますが、枠組みとしてはそこに来るでしようねー」

「おう、俺も同感だ。改めて見ても、やっぱアイツ、別格だわ」

放ってる魔力の圧力が、桁違《けたちが》いだ。

……いや、前に出会ったヤツよりも強そうに見える。

これは恐らく、配置された場所の差、だろうか。

あっちは野ざらしにされ、全身が錆びて苔《こけ》とか草とか生えていたが、こっちは室内にあり、恐らくは整備もされているのだろう。

この鎧《よろい》があるからワンチャン通り抜けられるかと思ったのだが、足を踏み入れてみた瞬間即座に呼応して身体を起こそうとし始めたので、慌てて数歩下がると、再び停止状態に戻った。

……なるほど、中に入ってきたヤツを問答無用でぶっ殺す設定になってるんだな。

ここまでが謎解きエリアならば、さしずめここは、『力試しエリア』といったところか。

——ヤツを相手に、まともに戦うつもりはない。

ヤツと本気で戦えば命懸けになるのは間違いなく、正面から正々堂々とやって、勝てるかどうかは良くて五分、だろう。

いや、リルがいないことを思えば、勝率三割か四割くらいにまでは下がるか。

だから俺は、先にヤツの起動条件を探ることにした。

幸い、そういうことが得意な人員がここにはいるので、レイラを筆頭にした調査隊の面々にも協力してもらい、結果としてわかったのは、ヤツは広場に入らなければ何をしても起動しない、という事実である。

範囲外で戦闘用にわかりやすく魔力を練ってみても、阿修羅ゴーレムに何も反応はなく、次に石ころを投げ付けてみたら、目からビームを出して迎撃は行ったものの、それ以上の動きは見せなかった。

で、広場に足を踏み入れると、やはり起動する。

力試しエリアかと思ったが……ここも、もしかすると謎解きエリアの一環なのかもしれない。

これなら、話は簡単だ。

「みんな、離れてろよ」

俺が構えるのは——神槍ルィン。

すでに第三形態となっているそこに、俺が持つありったけの魔力を注いでいく。

いや、俺が持っている以上を、だ。

魔力ポーションを飲むことで、少しずつ回復させながらそれも注いでいき、さらにはお師匠さんが仲介役を熟すことで、調査隊の皆の魔力を受け取り、それも流し込んでいく。

他人に魔力を譲渡する技術は、簡単には真似出来ないかなりの高等テクニックのはずなのだが、どうやらエルドガリア女史ならば出来るようだ。

そこに加わった魔界王が、「いやぁ、何だかドキドキするねぇ」と言って笑っていた。

そうして、俺が扱える以上の魔力を神槍に込め——一息に、振り抜く。

「ビームはなッ、俺も撃てるんだぜッ‼」

発動したのは、『魔刃砲』。

ギュカッ、と鳴り響く、空気を斬り裂く音。

刹那《せつな》、阿修羅ゴーレムもまた迎撃のビームを放ち、二本の光線が空中で衝突し、閃光《せんこう》が迸《ほとばし》る。

爆音。

まるで、鍔迫《つばぜ》り合《あ》いでもするかのように拮抗《きっこう》し——やがて、天秤《てんびん》は傾く。

俺はこの一撃に掛け、魔力を全ブッパした。

対し阿修羅ゴーレムは、ただ迎撃としてビームを放った。

その差は大きい。

膠着状態《こうちゃくじょうたい》に陥っていたのは一瞬で、やがて俺の『魔刃砲』が阿修羅ゴーレムのビームを飲み込み、着弾。

吹き飛ぶ阿修羅ゴーレム。

だが、俺はそこで油断しなかった。

もう魔力はほぼ空っ穴だが、身体は動く。

腿《もも》を躍動させ、大理石の床を力の限りで蹴《け》り飛ばし、ギュンッ、と弾丸のように飛び出す。

事実、阿修羅ゴーレムはまだ、稼働停止していなかった。

胴を凹《へこ》ませ、装甲をひしゃげさせ、内部パーツの幾つかを露出させながらもなお、起き上がろうとしている。

今ので貫通しないとはな……全く、神槍での攻撃だぞ。どんな装甲の硬さをしてやがるんだ。

硬さだけなら、龍族並かそれ以上じゃないか、コイツ？

改めて、正面突破は無理だな。

「警備ご苦労ッ‼　お前の役割は今日で終わりだッ‼」

懐に入り込んだ俺に対し、阿修羅ゴーレムは腕だけを動かして迎撃してくるが、腰が入ってないな。

エンで防御しながら、逆にその腕をかち上げて無防備な状態にさせ——内部が露出している胴の一部に、神槍を突き入れた。

さしものヤツも、ゼロ距離からの神槍は、防げないらしい。

丸見えになっていた内部機構を断ち切る感触が腕に伝わり、そして、阿修羅ゴーレムは宝玉の輝きを色褪《いろあ》せさせた。

◇　◇　◇

「フゥ……」

動かなくなった阿修羅ゴーレムの前で、一息吐《つ》く。

全ブッパの奇襲で、どうにか倒せたか……コイツを正攻法で倒せるヤツなんて、この世にいるのか？

いや、勿論《もちろん》レフィなら余裕だろうが。あと、精霊王も倒せるだろうな。

全く、俺もまだまだ努力が足りないな。

ヒト種の中なら余裕が出て来たが、俺が強さを求めたのは、そもそもヒトの中で長じたいなんて理由じゃない。

レフィに追い付きたいから、鍛えていたのだ。

その初心を忘るるなかれ、だな。

俺は阿修羅ゴーレムの残骸《ざんがい》をアイテムボックスに突っ込み、戦闘フィールドの先にある大階段を見上げる。

——さて、残りはどれだけあるか。

ただ、もうゴールは近いように思う。

この城はデカい。それはもうバカみたいにデカい。

だが、謎解きエリアに使っていた面積がかなり広かったし、こうしてボスみたいな雰囲気で阿修羅ゴーレムも配置されていた。

恐らくもう、仕掛けがあっても一つか二つだと見ているのだが、しかし俺達は、ここで少し休憩を取ることにした。

すでにそれなりに歩き、今皆に魔力を提供してもらったことで、疲れが見えるからだ。

着込んでいる鎧も、軽量化が図られたとはいえ、それでもまだ重いことは確かだしな。体力の消耗も大きいだろう。

「魔界王、どうだ、冒険は」

「フー、いやキツいね。特に、鎧がキツいよ。よくみんなこんなの着て戦闘とかやれるもんだ」

「それは俺も思う。よくこんなの着て俊敏に動けるなって」

「君、今すごい勢いで突撃してってたけどね」

「ただ真っすぐ突撃すんのと、機敏に動き回るのとじゃ話が違うだろ？」

「そうかい。……そういやユキ君って、防具着けないよね。あの戦争の時も着けてなかったし」

「おう、俺、防具嫌いなんだ。魔境の森じゃあ、魔物どもの攻撃力が高過ぎるから、生半可な鎧は意味が無くてな。だったらいっそのこと、そういうの一切無しで機動力を確保した方がいいって思ってよ」

この魔王の肉体、強靭《きょうじん》だしな。

「へぇ……なるほどね。君の住む環境が、防具を不要としたのかい」

「まあ、好みの問題だろうけどな。多分今なら、相当強力な防具も用意出来るだろうし、それを着てもある程度は動けると思うんだが、それ無しで今日まで戦ってきた以上、今更戦闘スタイルを変えるのもな。慣れもあるし」

それに今は、防具と言えるのかわからないが、神槍の第三形態がある。

現在は解除しているが、この第三形態の時は腕にまで変化が走り、侍の肩当てと手甲みたいなものが魔力で生成されるので、実は神槍がある時の俺は防御力がかなり高いのである。

「ユキさんの妻である身としては、出来ればもう少ししっかり、防具を着けてほしいのですがねー。この人、そういうところは頑固なのでー」

「あはは、言われてるよ、ユキ君」

俺は肩を竦《すく》め、それから我が子を見る。

「おうサクヤ、お前は戦うとなったら、ちゃんと装備しないとダメだからな」

「うぅ？」

「ユキさん、気が早過ぎですよー。あと何年先の話ですか、それー」

「はは、ま、そうか。まずはハイハイが出来るようになるところからか。もうちょっとだとは思うんだが」

「……ん。サクヤ、身体がしっかりしてきた。多分もうちょっと」

そうしたら、爆走ハイハイ赤ちゃんズが出現するな。

そこにセツも加わり、それはもう可愛い空間になるのだ。

「這《は》えば立て、立てば歩け、だねぇ……アンタらの家族を見てると、何だかほっこりしてくるよ」

「イルーナ達にも、そういうところあるです。あの子達、見てると大体いつもニコニコで、楽しそうなんです」

「魔王達が家で、どんな風に過ごしているのかがよく伝わってくるよ。レイラ、アンタもすっかり染まっちまってまあ。良いことさ」

「レイラお姉さまも、のほほんとしたところはありましたが……本当に、随分変わったものです」

「……私とて、変化するのですー」

普段見せないような、恥ずかしがるような珍しい表情で、プイ、と横を向くレイラ。

ははは、羊角の一族と——特に、お師匠さんとエミューと一緒にいる時のお前は、本当に色んな顔を見せるな。

最高の妻である。

◇　◇　◇

その後、軽く糧食等を食べ、十分くらい休憩し、俺達は探索を再開する。

向かうのは勿論、阿修羅《あしゅら》ゴーレムの奥にあった大階段。

ゴールはもうじきと判断していた俺だったが……どうやらその予想は、当たりだったらしい。

大階段の奥にあったのは、行き止まり。

えっ、と思い、何か隠し通路とかがあるのかと皆がそこに入ると、床が動き出す。

上へと向かって昇っていき、壁の窓から見える外の地底世界が、どんどんと下がっていく。

——なるほど、エレベーターか。

どう見ても電動ではなく、魔法で動いているようだが……これウチも欲しいな。雰囲気出るし。

……いやでも、『扉』があればいらないんだよな、基本的にこういうの。どこでもその場でワープ可能だから。

見慣れぬ機構に、羊角の一族の皆に緊張が走り、緊迫した空気になるが、俺は笑って言葉を掛ける。

「落ち着け、みんな。ただのエレ――移動用の乗り物、というか床だな。上に移動するための床だ。これ自体には何もないから安心してくれ」

「……魔王、アンタ、こういうものに乗ったことがあるのかい？」

「ま、ちょっとな」

やがてエレベーターは、城の最上階付近に到達したところで停止。

先に見えるのは――大扉。

多くの装飾の入った、上品で、手の込んだ扉。

この感じからして……恐らくここが、終着点か。

「フゥ……行くぞ、みんな」

そう言って俺は、扉の取っ手に手を掛け――。

「……あ？」

扉は、開かなかった。

押しても引いても、うんともすんとも言わない。何か、魔法的な機構で閉じているような感覚だ。

……よく見ると何か、扉の中央辺りに窪《くぼ》みがあるな。

多分、ここに物を嵌《は》めることで通れるようになるのだろうが……当然ながら、そんなもの俺達は持っていない。

え、もしや、城下町か、城の他のエリアを探索しないとここは通れないのか？

嘘だろ、まさかここに来て探索不足にぶち当たるとは。

サクヤの案内はここまで正確だったが、流石に三段飛ばしで来過ぎたか？

……いや、サクヤはよくやってくれている。俺達が頼り過ぎたツケがここで回ってきたか。

「あぅ、あう！」

なんて、そんなことを思っていたその時、サクヤレーダーが反応を示す。

！　そうか、サクヤはここを通る術に、何かしら心当たりが――は？

その小さな手が向けられる先を見て、思わず俺から、そんな声が漏れる。

我が息子が反応を示したのは、魔界王。

「ははぁ、なるほど……この時のため、か」

彼は、何やら納得したような様子でそう呟《つぶや》き、レイラが抱っこしているサクヤの頭をポンポンと撫《な》でた後、懐から何かを取り出す。

それは――装飾の入った、宝玉のようなもの。

魔界王は、大扉に近付き、窪みにそれを当て――カチリと嵌まる。

瞬間、ブン、と扉の縁が淡く光り、わかりやすく電源が入ったかのような状態となる。

恐らくはこれでもう、通れるのだろう。

「ねぇ、ユキ君」

「……あぁ」

「たまたま僕が、君と知り合いで。それで、ここに興味を示して、この宝玉を持って旅行で訪れる……それはいったい、どれくらいの確率なんだろうね？」

とても、とても楽しそうに笑う、魔界王。

「……お前は、何を知ってるんだ？」

「さあ、大したことは。僕が知っているのは、魔界の王に代々伝わっている伝承だけさ。曰《いわ》く、『魔界に、神々のおわす地あり。座に玉を嵌めよ』。この訳のわからない言葉のみ。ただ、神代らしい遺跡が見つかったと聞いて、もしかしたらこれを使う時かなって思って、持って来たんだ」

……偶然、魔界王がエルドガリア女史と知り合いで、そして俺と知り合いで。

共にこの遺跡を攻略し、ここに辿《たど》り着《つ》く確率。

いったいそれは、如何程《いかほど》のものなのか。

いや、それを言うならば、俺とレフィが出会い、結婚し、サクヤを生んでここに至るような道筋。

全ては、自分で選んだ結果だ。誰に誘導された訳でもなく、俺が選び、ここに至った。

だがそれが、こうしてこの結果を生んでいる。

……俺で、これなのだ。

サクヤが大きくなった時、この子を取り巻く因果律の強さがどう作用するのか。

何度も思っていることだが、こうして共に行動していると、一層我が息子の将来の大変さを感じるものである。

「運命、ね……ウチの息子が生まれてから、俺は因果律とか、そういうものを感じっぱなしだ」

「いやホント、君の息子すごいよねぇ。大きくなったらウチにおいでよ。国の要職に就けてあげるから」

「おっと、陛下。ソイツは聞き捨てならないね。サクヤには、ウチの里で学んでもらうつもりだ。陛下には色々と感謝しているが、政治なんて面倒なものに関わっちゃあ、この子が可哀想さ」

「えー、でもサクヤ君の超感覚は、そういうところでこそ活きると思うんだけどなぁ。ねぇ、元皇帝のユキ君」

「……あのな、二人とも。そういうのは親が決めることじゃねーんだ。まあ、羊角の一族の里では学ばせてもらうかもしれんが、そういう勧誘はこの子が独り立ちしてからにしてくれ」

親ならば子供の将来を思うものだろうが、子供には子供でやりたいことがあるのだ。

そこは、親が口を出すことじゃない。

「ほー……ユキ君、そういうところはしっかりしてるんだねぇ」

「そういうところはって何だ、そういうところはって。俺は常にしっかり者の頼れる魔王だ」

「そうかい。ユキ君、横にいる奥さんの表情を見た方がいいね」

「おう、どうしたレイラ、そんなにこやかな笑みを浮かべて。今日も我が妻は美しくて最高だな」

「……ありがとうございますー」

――そう、緊張を解《ほぐ》すように軽口を叩《たた》いていた時。

「うぅ、うおぉ！」

「うおっ、どうしたんだサクヤ」

「うぅ……！」

何かを訴えるかのように、俺に向かって両手を伸ばすサクヤ。

「……多分、ユキさんに抱っこしてほしいんじゃないでしょうかー？」

「抱っこ？　……珍しいな」

リウもサクヤも、抱っこをねだる時はあるが、俺に対してそれをすることは滅多にない。

別に、俺が抱っこしたからって嫌がったりはしないし、泣いている時を除いて普通に喜んでくれはするのだが、わざわざ俺を指定して「抱っこして！」と言うくらいなら、妻達の方にそれを頼むからな。

である以上、今こうして俺を呼ぶってことは……多分、そうしなければならない理由があるのだろう。

そう思った俺は、神槍を一旦《いったん》アイテムボックスにしまい、片手でエンを持ったまま、レイラからサクヤを受け取って抱っこする。

すると、何かを訴えるのをすぐにやめ、大人しくなる我が息子。

「……よし。一緒に行くか、サクヤ」

「あうぅ！」

俺は、サクヤを抱えたまま、今度こそ大扉を開き——。

視界が歪《ゆが》む。

意識が、グルングルンと回転するかのような、おかしな感覚。

ここにいるのに、ここにいない。

俺は今、立っているのか、それとも座っているのか。

倒れているのか、逆立ちしているのか。

確かなのは、腕の中にあるサクヤの重みだけ。

握っていたはずのエンの感触すら遠くなる中で、我が息子の存在感だけは変わらずそこにあり、俺は、必死で彼の身体を抱え続ける。

——いつの間にか俺は、サクヤと共に、白い空間に立っていた。

全てが白く、上下左右が何もわからない、ここが広いのか狭いのか、そんな判別すら付かない場所。

「ここは……」

……見覚えがあるな。

いつか俺が、魔族の神ルィンと話をした時と、同じ空間。

違うところと言えば、周囲を見渡しても、ここには誰もいないという点だろう。

扉を潜《くぐ》ったことが契機で、ここに来たのだろうが……しかし、何もない。

そして、違いはもう一つ。

前回この空間に訪れた時は俺一人だったが、今は腕の中にサクヤがいるということだ。

……サクヤが俺に抱っこをねだったのは、共にここへ来るためだったのか。

息子を見ると、彼は俺の緊張を解すかのように、にへっと笑ってその小さな手で触れてくる。

「……はは、おう、そうだな。せっかくの冒険だ、なら楽しまないとな」

「あうぅ！」

「おうよ、未知に対する姿勢にこそ、男の本領は発揮されるってものさ。……つってもサクヤ、これ、どこ行けばいいのかわかんないぜ？　何にも無いし」

「あばぁ？」

「おう、まさにあばぁって気分だ。こんな真っ白じゃあ、自分の立ち位置すら……ッ!?」

そこで俺は、下を見て、気付く。


そこには、光の球があった。


ここが何も無い空間だと思ったのは、どうやら大間違いだったらしい。

あまりにも巨大過ぎて、そこにそれがあると気付けなかっただけだったのだ。

ただ輝くだけの、光球。

俺は、あれを知らない。

しかし、直感的に、あれが何なのか。

俺は、理解することが出来た。

「ドミヌス、か……」

ドミヌス。

世界そのもの。

現れた俺達に対し、ドミヌスは何も言葉を発さない。

俺達とは違う在り方の生命体であるため、そもそも俺達という個人を認識しているのかすらわからない。

……というか、ドミヌスってのはこの世界そのもので、つまりは大地そのものだろ?

なら、ここにあるのはいったい――。

――ソレハ、言ウナラバ世界ノ精神体。私達デ言ウトコロノ、心臓。

その声に、俺は振り返る。

いつの間にかそこには、小さな姿があった。

少女。

腰まであるような、長い、艶《つや》のある黒髪。

美しい、人形のような顔立ち。

ただ、少女が生きていないのであろうことは明白で、何故なら彼女は、肉体が半透明だった。

レイス娘達みたいな種族という可能性もあるが……まあ、この様子からして、そういう訳ではないのだろう。

少女の姿に俺は見覚えがなく、だがドミヌスがある場所にいる女性、という点では、もしかしたらと思うものがあった。

「――ガイア、か」

――正解。ヨク知ッテルワネ。

地の女神『ガイア』は、ニッと笑ったのだった。

◇　◇　◇

「アンタは……骨じゃないんだな？」

――？　骨ッテ、グロイジャン。

グロいじゃんって。

い、いやまあ、確かにそうかもしれんが。

何だ、骨で現れるか半透明で現れるかは、選択可能なのか。

「……ルィンの影絵だと、ガイアを表すものは大人の女性だったが」

――大人デショ？

「……えーっと」

――大人デショ？

「……はい、そうっすね」

――ン、ヨロシイ。

満足そうに頷《うなず》く少女に対し、思わず苦笑を溢す。

厳かな感じで出て来た割には、口調が軽い。

アンタ、立場的には創造神だろうに。

ルィンが見せてくれた影絵で、この神様が大人な姿で描かれていたのは、どうやら気を遣っていた結果らしい。

「……それで、ここは？」

「いうおぉ！」

――オー、可愛イ赤子。可能性ノ塊。ソレニ、ドコカ懐カシイ気配。ナルホド、ソレデ……。

こちらに近付いてきたガイアは、ツンツンとサクヤの頬を突《つつ》く。

透明なせいで、その手は突き抜けたが、それでもどこか嬉《うれ》しそうに彼女は笑い、サクヤもまた、楽しそうに笑っている。

しばしそうしていた少女は、やがて満足したのか、俺の質問に答える。

――ココハ、現世デアッテ現世ニアラズ。夢デアッテ夢ニアラズ。マア、謎空間ダト思ッテオキナサイ。

「……アンタは、ずっとこの場所にいるのか？」

――イイエ、私ハ既ニ死者。死者ガ現世ニアルハ摂理ニ外レル。ココガ特殊ナ場ト言エド、ルールハ一緒。

「じゃあ、幽霊か」

――フフ、エエ、ソウネ。私ハ、ドミヌスガ生ミ出シタ、幻影トデモ言ウベキ存在。幽霊ト言ワレテモ、否定ハ出来ナイワネ。

「生み出した……」

――私ガ説明シロ、トイウコトデショウ。ドミヌスハ、喋《シャベ》レナイカラ。

……説明役として、彼女は今生み出された、ということなのか。

「……なら、聞かせてくれ。俺達は、何故ここに呼び出されたんだ？」

――イイデショウ、教エテアゲル。ト言ッテモ、ソウ難シイ話ジャナイ。後継者タル者ガコノ場ヲ訪レタ。ダカラ、ココニ呼バレタ。ソンナニ深イ理由ジャナイワ。

……なるほどな。

今回は、神槍の時とは違って結構突然な感じだと思っていたが、向こうが俺に用があってどうの、という訳ではなく、単純に俺がここに来たから、自動的にというか、自然とここに呼び出されたということなのだろう。

顔くらい見てやるか、ってくらいのつもりなのかもしれない、ドミヌスは。

「後継者、か……ダンジョンが、ドミヌスの種子、みたいなものなんだよな？」

――ソウ。神槍ヲ持ッテルヨウダシ、ルィンニ聞イタノネ。ケリュケイオンモ持ッテルヨウダケド、アノ偏屈親父《オヤジ》ハ、モウトックニ消エチャッテルデショウシ。

偏屈親父。

確かに、俺に対して残ってた伝言にも、そんな感じはあったが。

その彼に関しても気になったが、とりあえず今はツッコまず、次を聞く。

「この遺跡についても、聞いていいか？」

——エエ、勿論《モチロン》。モウ大体想像付イテルカモシレナイケレド、ココハ、『始マリノ地』。世界ノ雛《ヒナ》型《ガタ》トシテ生マレ、ソシテ、役目ヲ終エタタメ放棄サレタ場所。

この言い方だと……俺達が『ヴェルモア大森林遺跡』と呼ぶこの場所を、ただ『始まりの地』と呼んでたのか。

そして、少女の姿をした神は、語る。

まず、最初にあったのがこの城の、さらに一室だけだったらしい。

そこにいたのは、女神ガイアのみ。他には何もなく、ただドミヌスによって知識を埋め込まれていたため、何をすべきかはわかっていたそうだ。

彼女も、俺のような異世界人なのかと思ったが、どうやらそういう訳でもないようで、気付いた時にはそこに己がいて、己の役割があったのだと。

そこから始まる、世界の創造。

まず、ある程度の権能を持った眷属《けんぞく》——つまり神々を生み出し、その神々に『ヒト種』の創造と繁栄を任せた。

その間に、ガイアはこの地底世界を造り上げ、ヒト以外の生物を生み出し、地底世界の外をも発展させていった。

そうして、原初の人々が十分に増え、外の自然環境がしっかりと整ったところで……この場所の役割は終了した。

世界が、次の段階に突入したからだ。

この場所は、言わば仮住まい。

だからここは、本当に最初期にのみ使用され――と言っても、五千年くらいはここで生活していたようだが――、あまりに便利過ぎる環境に染まり切らぬよう、外が充実した時点で放棄したのだという。

――アナタハ、前世ガアルノネ。

「……あぁ。この世界じゃない場所の出身だ」

――ソレハ、別ノドミヌスネ。アナタニハ、混沌《コントン》タル力ガアル。ダカラ、コチラニ呼ビ出サレタノデショウ。世界ヲ更ナル混沌ニ巻キ込ムタメニ。

「世界を更なる混沌に巻き込むって……そう聞くと、何か俺、すごいヤバいヤツみたいだな」

世界規模で混沌を齎《もたら》す者なのか、俺は。

……ま、まあ、場違いに皇帝とかやってた時期もあるし、少なからず影響は及ぼしたかもしれないが。

そうか……俺が選ばれたのは、そういう理由があったのか。

――フフ、デモ、悪イコトジャナイワ。混沌タル者トイウコトハ、アナタハツマリ、誰ヨリモ『ヒト』ナノヨ。愛ガアリ、憎悪ガアリ。喜ビガアリ、哀《カナ》シミガアリ。純粋デ、複雑デ、トテモ一言デハ表セナイ、『ヒト』ソノモノ。

「…………」

――ソシテソレハ、アナタノ子ニモ受ケ継ガレテイル。誰ヨリモ『ヒト』タル者ノ、混沌トシタ性質ヲ。

「……息子には、何か不思議な力がある。それも、俺の影響ってことか？」

――正シクハ、アナタノ力ト、奥サンノ力ト、ソシテ『箱庭』ノ力ガ合ワサッタ結果ネ。誰ニモ予測出来ヌ、大イナル因果律ヲ引キ寄セル者。大事ニ育テナサイ。アナタノ子ハ、世界ヲヨリ混沌トサセルデショウ。

箱庭とは、ダンジョンのことだったな。

世界をより混沌と、ね。

精霊王のお墨付きに、創造神のお墨付きまで加わっちまったな。

「……お前、本当に、頑張らないとな。父ちゃんもしっかり付き合うからよ」

「うばぁ！　あう！」

よくわかっていない様子で、ご機嫌に手足を動かす我が息子。

――フフ、可能性トイウモノハ、イツ見テモワクワクスル。ア、ソウソウ、ココニ来タッテコトハ、アノ謎解キ、解イテ来タンデショ？　ドウダッタ？

「あ、すまん、それウチの息子が、俺達が考えるより先に解いちまった。だから、まともに攻略してないわ」

――エッ。

「今言ったこの子の不思議な力のおかげで、ギミックとか無視してあっという間にここまで来られたぞ」

――エー！　何ヨソレ！　頑張ッテ考エタノニ！　難シクナリ過ギズ、カツ侵入者ナラ追イ返セルヨウニッテ！

「あうぅ？」

――グ、グヌヌ……確カニコノ子ノ能力ナラ、ソウイウコトモ出来ル、カ。……仕方ガナイ、コレモ混沌タル生物ノ進化ト捉《トラ》エルベキネ。

ぐぬぬって。

憤慨したような様子を見せ、だが対象がサクヤであるため、怒るに怒れないような感じになる神様。

これが創造神か……人に言っても信じてくれないだろうな。

何と言うか、ちょっとポンコツ風味を感じられる神様である。

創造神がこれなら、その影響を受けて生まれたのであろうルィンとかが、茶目っ気に溢《あふ》れていた理由もよくわかるというものだ。

――何ヨ、ソノ顔ハ。

「い、いや……というか、侵入者を追い返すって言ったが、あれどう見ても殺しに来てるだろ。謎解きエリアは謎解きって感じだったが、警備用ゴーレム、強過ぎだろう」

――アー、アレネ。ドヴェルグノ奴ガ、ソウイウノ好キデ、イッパイ造ッテタノヨ。シカモ、ルキネリアスガ、囃《ハヤ》シ立《タ》テテ「モット造レ」ッテ言ウモノダカラ、ドヴェルグモ調子ニ乗ッテ。ソレハモー、余ッテルノヨ。

ドヴェルグは、確かドワーフの神で、ルキネリアスは、龍族の神だったな。

仲が良かった、という話を、いつか精霊王に聞いたっけか。

やれやれと言いたげな様子でため息を吐《つ》く彼女に、俺は笑い声を溢す。

「はは……アンタら、本当に仲が良かったんだな。楽しそうな光景だ」

――ソウ……ネ。マ、楽シイ日々デハアッタワ。上手クイッタコトモ、失敗シタコトモ、数エ切レナイ程タクサンアッタケレド、私ハ良イ生ヲ送ッタ。命ヲ全ウシタワ。

「……そうか」

命を全うせよ。

命を謳歌《おうか》せよ。

それが、命ある者の責務である。

神々は、始まりの者として……特にその思想が強かったのだろう。

「……神々で戦争になったのは、死者を蘇《よみがえ》らせようとしたからか」

――ソレモ聞イタノネ。ソウ、私ノ眷属達ハ、争ッタ。タダ、ソレモ人ノ性《サガ》。愛故ニ憎シミハアル。殺シ合ウコトハ、生物ガ生物タル範疇《ハンチユウ》。チョット悲シイコトデハアルケドネ。ソレハ、ドミヌスノ望ンダモノノ一環ナノ。

殺し合いは生物が生物たる範疇、か。

きっと、その通りなのだろう。殺し合わない生物などこの世に存在しない。

生きとし生ける者は、何かを殺して生きている。

ヒトがヒトを殺すこともまた、ドミヌスが望む混沌の一つなのだ。

「アンタは、ドミヌスとコンタクトが取れるのか？」

俺は、真下を見る。

輝く、巨大な光球。

それは、脈打つかのように少しだけ大きくなったり、小さくなったりしており、生きているのだということが窺《うかが》える。

女神ガイアもまた、同じものを見ながら口を開く。

――イイエ、ソウイウ訳ジャナイワ。ドミヌスニハ意思ガアル。ケド、私達ノ持ツモノトハ全然違ウ。推シ量ルコトハ出来テモ、明確ニ意思ヲ伝エテクルコトハ無イ。タダ、ドミヌスモマタ生物。自ラヲ成長サセル、トイウノガ最モ大キナ望ミダトイウコトハ、間違イナイワネ。

「…………」

多分……彼女とドミヌスとの関係というのは、俺と、俺のダンジョンと同じようなものなんだろうな。

俺は、ダンジョンに意思があることはわかる。

だが、直接それを伝えてきたことは、今まで一度もない。

ただ、あるがままに。

俺が変えるがままに。

ドミヌスもまた、そういう存在なのだ。

俺は、彼女の言葉を吟味するように考え込み、それから口を開く。

「……もう一つ聞かせてくれ。俺と息子がここにいるのは……偶然なのか？」

――聞キタイノハ、ココへ至ル道筋ニ、果タシテ運命トデモ呼ブベキモノガ、存在スルノカドウカ、ネ？

「……そうだ」

少女は、笑う。

悩む若人を、導くかのように、慈愛に満ちた表情で。

――大イナルモノハ、アルノカモシレナイ。シカシ、ソレハ私達ニハ遠キモノ。考エル必要ハ無イワ。アナタハ、確カニアナタノ手デ、己ノ生ヲ全ウシテイル。安心ナサイ、アナタノ喜ビモ、アナタノ苦悩モ、全テガアナタノ選ンダ結果ヨ。

「……そう、か」

――タダ、一ツ。アナタハ、『神槍ルィン』ヲ手ニ入レタ。ルィンハ、『導キ手』ノ一人。ソレヲ持ツ者ハ、何カ大キナモノニ巻キ込マレルコトガアル。彼自身ガ、ソウデアッタヨウニ。ダカラ、ココニマデ到達シタノハ、ソノ力ガ少シハ働イタノカモネ。

「……導き手か」

あの神様は、最初に『導キ手ハ、吾《ワレ》カ』と言っていた。

何か、そういう役割があったのだろう。

そう言えば、神槍を保管していた龍族の長老ローダナスが言っていたが、これを以前武器として振るっていたヤツは、確か俺と同じように、ヒトでありながら龍族の王になったんだったな。

なるほど、神槍を得てから、神代に何かと縁があると思っていたのは、どうやら勘違いじゃなかったらしい。

――アァ、アト、コノ遺跡ノコトハ、アナタニ任セルワ。適切ニ管理ナサイ。私達ガ干渉スルノハルールニ外レルカラ。タダ、アマリ悪用シテハ駄目ネ。ココハ、既ニ役目ヲ終エタ場所ナノダカラ。

「あぁ……わかった。任せてくれ」

女神はコクリと頷《うなず》き、そしてふと、ドミヌスの方を見る。

――ン、名残惜シイケレド、ソロソロ、時間ノヨウネ。マダ、名前ヲ聞イテイナカッタワ。教エテクレルカシラ？

「俺は、ユキ。この子はサクヤだ」

――ン、覚エタ。デハ、ユキ。サクヤ。聞キナサイ。

少女は、厳かな、だがどこか優しげな。

まさに女神のような表情で、言葉を続ける。

――命トハ、大変ナモノヨ。辛ク、苦シク、先ノ見エナイ迷路ミタイ。デモネ、迷路ッテ、本来楽シイモノジャナイ？　ソノ先ニ何ガアルノカ、ソコニドンナ景色ガアルノカ。ソウイウ喜ビヲ、見逃シテハ駄目ダワ。苦シミト同ジヨウニ、喜ビハドコニデモアルノダカラ。

彼女の言葉は、どこまでも人に寄り添ったものだ。

難しい説法などなく、まるで母がしてくれる寝物語のような、祖母が語る昔話のような。

だから、きっと……こんなにも、スッと胸の中に入ってくるのだろう。

――肩ノ力ヲ抜イテ。気楽ニ、命ヲ楽シミナサイ。ソレガ、命アルアナタ達ノ特権。混沌タルヒトガ持ツ恩寵《オンチヨウ》。

女神ガイアは、サクヤの頬に手を添える。

サクヤは、その手に触れようと両手を伸ばすが、掴《つか》めずに不思議そうにしている。

そんな我が息子を見て、彼女はクスリと笑う。

――短イ時間ダッタケレド、二人ノオカゲデ私ハ、私ノ世界ノ先ヲ、少シダケド見ルコトガ出来タ。アリガトウ。

「いや……こちらこそ、だ。アンタと話をすることが出来て、良かった」

――後輩ダモノ。コウシテ道ヲ示スノハ、私達ノ役目ダワ。ホラ、ドミヌス、アンタヲ発展サセテクレテル子ヨ。セッカクナンダカラ、アンタモ何カ言ッタラドウ？

彼女の言葉に反応するかのように、眼下のドミヌスは、ドクンと一度脈動する。

――今ノハ……多分、「元気デヤレヨ！」ッテ感ジネ！

「多分なのか」

――アンナ風ニ光ルダケデ、詳シイコトガワカル訳ナイデショ！　全ク、ココマデ世話シテヤッタ、私ニ対シテモコウナノヨ？　愛想ガ悪イト思ワナイ？

「はは、まあ、信頼は感じられるぜ？　アンタが、自分の一部というか……そういう近しい存在だ

とは思ってるんじゃないか？」

——ソウ？　マア……ナライイケド。フン、全ク、相変ワラズ素直ジャナイワネ、ドミヌス。

その瞬間だった。

この白い空間に来た時と同じように、ぐにゃりと視界が歪《ゆが》む。

足場が不確かになり、自分の立ち位置がわからなくなるような感覚。

——アッ、チョット！　モー、融通ガ利カナインダカラ。ショウガナイ奴。

己の五感全てが、どんどんと遠くなっていく中で、ため息を吐《つ》くような女神ガイアの姿が見え

——そして最後に、俺の耳に彼女の言葉が残る。

——サア、我ガ子供達。元気デネ。命ヲ楽シミナサイ。世界ニハ、面白イモノガイッパイヨ。

◇　◇　◇

気付いた時には、俺はそこに立っていた。

——玉座の間。

我が家とよく似た、見覚えのある広さと形状。

ここは、あの扉の先の空間か。

俺の意識は、扉を潜ったところで飛んでいたのだが……いつの間にか中に入り、そして玉座に手を触れていた。

そうか……全てのダンジョンは、ここを模して生まれたのか。

「――さん、ユキさん！」

「ん、おぉ……レイラか」

「どうしたんですか？　突然ー……」

心配そうに、俺を見るレイラ。

ずっと呼びかけてくれていたのか、俺の腕を両手で掴んでおり、そこに力が入っている。

「大丈夫だ、問題無い。ちょっと意識が現世から乖離《かいり》してただけだ」

「いやそれ全然大丈夫じゃないですよー!?」

サクヤを見ると、どうも疲れてしまったのか、いつの間にか俺の腕の中でぐっすりと眠っていた。

ただ、良かったかもしれない。

起きた時、女神がいないとわかったら、また泣き出していたかも――って。

何となくサクヤに分析スキルを使った俺は、それの存在に気付く。

――『創造神の加護』。

そんな称号が、新たに増えていた。

これもまた、俺では一切詳細を確認することが出来ないが……まー、こんな銘打たれているものが軽い内容の訳ないだろうな。

あのちんまい女神様の、「フフン」と得意げに笑っているような表情が、簡単に想像出来るようだ。

『……主、もしかして？』

「あぁ、ドミヌスとガイアに会ってた。ここに入ったところから記憶が無いが、またボーっとしてたか？」

『……ん。ゆっくり歩いて、玉座に触れて、動かなくなった。サクヤも一緒。それで、突然サクヤにたくさんの光が降り注いでた』

「……はい、すごい光が降り注ぎまして、にもかかわらず二人とも全然動かないのでー……」

そうか……なら、その時に加護を獲得したんだな。

今眠ってしまっているのは、その反動か。

「悪い、心配させたな」

「どういうことだい、魔王……？」

怪訝《けげん》そうに俺を見るお師匠さん。

俺は、何と答えるべきか少し考えてから、言葉を返す。

「お師匠さん、あと魔界王」

「……あぁ、何だい」

「何かい、ユキ君？」

「この場所は、神代で放棄された場所だ。世界発展のために使われ、だがすでに役割は終えている。だから、ここのことは秘密にしてくれるか？　文化の研究はしてもいい、ゴーレムの解析も、まあいいと思う。けどそれは、秘匿されるべきものだ。ものによっては違うかもしれないが、あんまり世に出回るべきものじゃない」

ガイアは、俺に「管理しろ」とは言ったが、「禁止しろ」とは言っていない。

そこは今を生きる俺達で考えろ、ということなのだろうが……まあ、ここが開けっ広げにしていい場所でないことは、確かなはずだ。

「あぁ、アタシらは問題無いよ。アタシらは知識欲が満たされれば、それ以外は些事《さじ》だ」

「僕はただの援助者さ。羊角の一族の者がそう言うなら、僕がどうこう言うことは無いね」

二人の返事にコクリと頷き、それから俺は、実は視界の端にずっと浮かんでいたソレへと視線を向ける。

そこにあるのは、見慣れぬダンジョン機能の画面。

これは……この場所の、管理画面だな。

つまりは、俺が持つ幽霊船ダンジョンや、ローガルド帝国のように、ここもまた俺の支配領域になったということなのだろう。

ただ、よく見ると幾つか機能が削除されているようで、特にここを発展させることは、もう出来ないようになっているようだ。

ダンジョン内に、新たな施設を造ったりすることの一切合切が不可能になっているのがわかる。

出来るのは修理と現状維持だけだな。

……いや待て、ここの管理権限を俺が得たということは、あのゴーレム軍団、俺のものになったということか？

えー、任せろとは言ったが、あんなのもらってもどうしようもないんだが。過剰戦力が過ぎる。ドワーフの神、ドヴェルグが造り過ぎたせいで、在庫が余りまくってるとか言ってたし、さては俺に処理を押し付けたな？

全く……女神のほくそ笑むような表情が頭に思い浮かぶ。

本当に、流石ルィンの親とでも言うべき存在である。

とりあえず、稼働状態の警備を変更して全て待機状態にし、俺は皆へと声を掛けた。

「みんな、もう鎧《よろい》を脱いでもいいぞ。重いだろ」

「どういうことだい……？」

「ゴーレム達はもう、俺達を敵視しない。脱いでも襲ってこない」

「……後で、説明してくれるんだろうね？」

「話せる範囲のことは話すさ。レイラ、サクヤの鎧、外してやるの手伝ってくれ」

「あ、は、はい、わかりましたー」

そうして、重い鎧を脱いだ後、この部屋の探索を行う。

と言っても、特にここに、珍しいものは何もなかった。

俺達の家によく似ている、という点を除いて、他にアイテムらしいアイテムは置かれておらず、玉座がポツンとあるのみ。

俺はてっきり、ここを稼働させている神代シリーズの武器があるんじゃないだろうかと思っていたが、そうではなく、ここは真にダンジョンと同じ場所であるが故に、ＤＰ《ダンジョンポイント》のようなもので動いているのだろう。

ダンジョンのコアたる宝玉も無い。いや、そもそもここのコアは、ドミヌスそのものだから、多分最初から存在しないんだろうな。

ここには何もないとわかって、お師匠さん達はちょっと肩透かしといった顔をしていたのだが、悪いな。

地底世界を探索したことによる最大の恩恵は、俺達が受けちまったようだ。

代わりにここの研究には最大限協力するから、それで勘弁してくれ。

俺は、眠るサクヤを抱っこしながら、玉座に手を触れる。

ひんやりとして、しかしどことなく、温かみのあるような。

ガイアもまた、ここに座って……様々なことを考え、様々なものを生み出し、仲間と笑い合ったのだろう。

……また、飛び地が増えちまったな。

まあ、いいさ。

アンタ達は、よくやってくれた。

この世界を、存分に発展させてくれた。おかげで俺は、レフィ達に出会うことが出来た。

こうして、娘と息子を得ることが出来た。

アンタ達が、世界に「混沌《こんとん》あれかし」と、頑張ってくれたおかげだ。

だから、後輩として。

俺も……この世界の発展を、出来る限りで手伝おう。

混沌たるヒトとして、精一杯に、命を楽しむよ。息子達と一緒にな。

「……しょうがないから、ゴーレムの後始末もしといてやるよ」

「？　ゴーレム、ですかー？」

「いや、何でもないさ」

俺は、笑って肩を竦《すく》める。

──どこかで、小さな女神様が、微笑んだような気がした。

第三章　ダンジョンの日常

あの後、調査は無事に終了した。

俺があそこの管理権限を得たことでゴーレム軍団が敵対しなくなったので、自由に探索可能になったとあって、羊角の一族の皆はもう物凄《ものすご》い喜んでくれていた。

お師匠さん達も、一段落したので一旦《いったん》里に帰るが、今後も定期的に訪れて研究に参加するつもりらしい。

レイラが羨《うらや》ましそうにしていたが、ここが俺の支配領域になったので、いつでも来られるという話をすると、感激したようにギュッと俺を抱き締め、軽くキスしてくれた。

これだけで、俺にとってはこの調査に参加した甲斐《かい》があったというものである。

そして魔界王は、地底世界旅行には満足したようで、ニコニコしながら奥さんと話し――。

「いやぁ、なかなか楽しい経験だったよ！　王になると、こういう危険からは遠ざけられるからねえ。久々にワクワクした」

「……まあ、ここに連れて来たのは私でありますれば。危険な場所に付いて行ったことに関しては、何も言わないでおきます。あなたの部下が何を言うかはわかりませんが」

「……え、えーっと、クア、そのことに関して、内緒にしといてくれると嬉《うれ》しいんだけど」

「陛下の行動を報告するのは、妻としての行動ではなく、私の職務。それは無理というものでございます」

――なんて言われ、最終的に引《ひ》き攣《つ》った笑顔になっていた。

友人夫婦の仲が良いようで何よりだ。

ちなみに、ゴーレムの残りが置かれているらしい兵器工廠《こうしょう》らしき場所も覗《のぞ》いてみたのだが、ずらーっとSFプテラにSFアルマジロ、侍ロボに阿修羅《あしゅら》ゴーレム、その他俺達が遭遇しなかった他のよくわからんゴーレムなんかが所狭しと並んでいて、思わず頭を抱えたものである。

いや、光景としてはかなりカッコ良かったし、大分ロマンのある造りだったが、流石《さすが》に余り過ぎである。どんだけ造ったんだ、ドヴェルグ神は。

これらは、本当に下手に流出させることが出来ないので、もう完全に封印することにした。

地底世界には後から手を加えることが出来ないが、女神ガイアもちゃんとこれは危険だと思っていたらしく、元々しっかりとした封印が出来るような機構が存在していたため、それを活用して俺以外誰も入れないようにした。

そのことは、エルドガリア女史にしっかりと伝えてある。

彼女も、ゴーレム軍団の危険性は十分に理解してくれているので、「わかった、しっかり周知しておくよ」と頷《うなず》いてくれた。

壊れたゴーレムの方は、もう大分解析されてしまっているが……まあ、そっちはいいだろう。

それで再現出来るのならば、すでにこの世界にはそれだけの文明発展の素地があるということだと思うからだ。

なるようになるだけ、だ。

それもまた、きっと混沌の一助となるのだろう。

――そういう訳で、遺跡から帰宅した俺達は、再びダンジョンにて日常を送るようになり。

混沌あれかしと願われた世界を、自由に、気ままに、今日も生きるのだ。

◇　◇　◇

「――ただいま、みんな！」

ばばーん、といった感じで、元気良く扉を開けて帰ってくるのは、仕事終わりのネル。

「おう、お帰りー」

「お帰り、ネル。仕事、お疲れ様じゃのう」

「お帰りっす、コーヒー飲むっすか？　すぐ準備出来るっすよ」

「お帰りなさい、ご飯はまだもうちょっと掛かりますねー」

「ありがと、コーヒーお願い！　――リウ、サクヤ、ただいま！」

「あばぁ！」

「うぅう？」

「うんうん、今日も一日、二人とも元気に過ごしたみたいだね！　良いことだよ！」

二人のいるベビーベッドの前で、ぺけーっ、とか、ぱかーっ、とか、そんな効果音が付きそうな感じで腕組みをし、うんうんと頷いているネル。

結構前から、なんかどんどんアホ可愛《かわい》い感じになっていっているネルだが、今日も変わらずアホ可愛い。

まあ、しっかり者な面は、以前と変わらないのだが。我が家でレイラの次にテキパキと家事が出来るのは、やっぱりネルだしな。

母親となった今でも、良くも悪くも……いや、何にも悪くは無いので、良くも自分を貫き通す我が妻である。

それからネルは、ぽーんと彼女用のエリアに荷物を置き、いつもの軽鎧を脱いでラフな格好になると、何だか楽しそうにニコニコしながらこちらにやってくる。

そして、ぐいー、と俺の胴に引っ付いた。

「おにーさん、妻は疲れたから、夫の温《ぬく》もりが欲しいなぁ！」

「はいはい、おーよしよし、アホ可愛い我が妻よ。今日も一日仕事を頑張ってきて偉いな」

頭を撫《な》でてやると、嬉しそうに表情を緩ませ、ぐりぐり顔を擦《こす》り付けてくる。

猫みたいなヤツだ。

「ふへへぇ、この瞬間のために仕事を頑張っていると言っても過言ではないね！　こうしてみんな、チヤホヤしてくれるし！」

「なかなか動機が不純になったな、勇者様よ」

「結果として国を守れてればいいんだよ。そもそも、個人戦力に頼ってる国なんて、色々ダメな感じだし」

それをあなたが言っちゃうんですか。

いやまあ、その通りだとは俺も思うんですが。

「だから、僕がパートタイム勇者で許されるようになったことは、一面ではとても良いことだね！飛行船様様、飛行船万歳。争いが少なくなった世界に乾杯！」

「コーヒーで乾杯するのか」

「カフェインに万歳！」

「カフェインに万歳」

「あはは、今日も絶好調っすねぇ、ネル」

テーブルに座り、リューが用意してくれたコーヒーカップを礼を言って受け取って、カツンと二人で乾杯する。

――そうしてカフェインを摂取したことで、ちょっとずつ落ち着いてきたらしい我が妻に、俺は最近の話を聞く。

「ネル、仕事の調子はどうだ？」

「暇だねぇ～。僕が出張って対処するような魔物って、そんなに現れないし。というか、対処しなきゃいけないのはもう粗方倒し切ってるから、もう数年は平和なままかもね。何ならアルフィーロの街の周りが一番強いけど、それだったら遠征しないで済む分すぐ終わるから、楽なものだよ」

ネルが現在拠点にしている、魔境の森に最も近い位置にある辺境の街、アルフィーロ。

ということは、街の付近に出て来る魔物は全て魔境の森基準である訳だが、ネルはもうその程度、余裕でぶっ殺せるので敵にならないのだ。

「だから、訓練と、後進の育成がほとんどかな。新人の聖騎士さんの教育とか、軍人さんの教育とか。あと時々冒険者の人達にも訓練を付けるんだけど、大体みんな僕より年上だからちょっと気を遣うんだよねぇ。まあ、もう流石に慣れたけど」

「……あのネルが、教育する側に回ったんだなぁ」

「あはは、僕もそう思うよ。己が人に物を教えられる立場なのか、なんてことも考える時はあるけど、これは義務だからやるしかないんだよね」

「義務か」

「そう、義務。仕事の一環だから、僕の意思とは関係無くやらなきゃいけないことなんだよね。僕がいつまでもいられる訳じゃないことは、教会側もわかってるからさ。デュランダルも返したくらいだし。今の内に戦力増強をしておきたいんだよ」

こういうところも、昔と変わらず真面目だ。

だから、オンオフの切り替えが上手《うま》くなった、ということなのだろう。

その分、オフ時のはっちゃけ具合はすごい訳だが。

――以前は勇者を辞めるだのどうだのという話があったが、パートタイムとなり、それが意外と上手く回っていることで、ネルの勇者は続投することになった。

いや、教会の方は後進の勇者を探しているようだが、ネル自身も己の祖国に貢献したいという思いがあるから、今後も出来る限りで続けることになっている。

特に、ほぼ毎日家に帰って来られるようになっているのがデカい。

一緒に旅行行ったりしているように、ネルが望めば普通に休めるし、それなら別に無理して辞める必要も無いんじゃないかという相談を以前に二人でして、こういう形に落ち着いた。

ネルの望みも果たされるし、俺達も――いや、俺も毎日ネルと会えるから、嬉しいものだ。

無理に我慢とか、してほしくないしな。

「大太刀の練習具合はどうだ？」

「いやぁ、難しいね。問題は一つで、とにかく重量があることがネックかな。振れないことはないんだけど、僕の方が軽いせいで身体《からだ》が流されちゃう。まあ、おにーさんが造ってくれた練習用の大太刀だとそうなるけど、実際にエンを使ったら、その辺りはあの子が調整してくれるだろうけどね」

「言って、俺もその辺りはエン頼りだからなぁ。俺は振って踏ん張ることは出来るが、お前みたいに綺麗《きれい》に刃《やいば》を立てたり出来んし」

「そこは練習あるのみだね。でもおにーさんも、エンによって自然な太刀筋を矯正され続けてきた訳だから、大分刃物の扱いは上手くなってると思うよ？　エンが怒るからおにーさん他の刀剣類使わないけど、一緒に魔物狩り行った時の様子見る限りだとそう思う」

「そうか？」

「うん、振る姿なんか見てると、エンの補整が入らないような溜《た》めのところとかも、綺麗な姿勢になってるから。……いや、でもおにーさん、エンでの戦闘に最適化しちゃってるから、そういう意味では別の剣使うと上手く扱えないかも。そんな感じする」

「はは、ま、いいわ。俺はエン以外で戦闘するつもり、もう無いしな」

「でも暇潰《ひまつぶ》しに刃のある武器を作って、あの子に怒られるんでしょ？」

「そりゃお前、クリエイターの創造は止められないのさ」

「あはは、おにーさん昔からものづくり好きだもんねぇ」

「ぶっちゃけ俺、やることないしな。子育てはみんなが張り切ってるし。最近した仕事らしい仕事と言えば、ローガルド帝国のダンジョン領域内で発見した、割と強い魔物をこっそり排除したくらいだ」

「ローガルド帝国は戦争に負けちゃったけど、最強の守護者が出来たんだねぇ……」

ネルはエンが振るえるようになりたいと練習を重ねているが、まだまだ芳しくないようだ。

と言っても、こんな細身の身体つきをしているネルが、なんか当たり前のように振り回すことが出来ている時点で、相当なのだが。

しっかり筋肉があるのは知っているが、それでも女性の筋肉の付き方の範囲内だ。

体重とか、軽いモンだしな。余裕で片手で抱き上げることも出来るし。

「わひゃあっ、な、何？　おにーさん。くすぐったいよ」

「あ、悪い。お前のその細身な身体のいったいどこに、そんな力があるのか疑問に思ってな」

思わずさわさわとネルの身体を触りまくっていた俺は、少し顔を赤くする妻の声で、手を離す。

が、これでもセクハラにはならない。

何故《なぜ》なら、我々は夫婦であり、何なら逆のことをよくネルにやられるからだ！　フハハ。

ネルは俺の腹筋が好きらしいので、よく触ってくる。レフィの角と尻尾《しっぽ》、リューの耳と尻尾、レイラの角は俺のものだが、俺の腹筋はネルのものなのだ。

「……それを言ったら、レフィの方が細身で華奢《きゃしゃ》でしょ」

「いやまあ、それはそうなんだが。あれはもうなんか、そういう別の生き物だろ」

実際別の種族である。

「誰が別の生き物じゃ」

「おっと聞こえてたか」

キッチンの方から顔を出したレフィは、フンと鼻を鳴らしてから、言葉を続ける。

「それよりネル、晩飯もまだじゃし、先に風呂《ふろ》に入って来たらどうじゃ？　汗も流したいじゃろう」

「うん、そうする！　――ね、おにーさん！　つ、妻は夫に、背中を流してほしいなぁ、なんて」

もう何度も一緒に風呂に入って、互いの全裸など見ているくせに、少し照れたような表情でそう言ってくるネル。

……ったく、お前は。

はっちゃけまくるようになったくせに、こういうところも昔と一切変わらず、照れ屋で可愛いヤツなのだ。

――ネルの勇者としての重要性は、低くなった。

多分、コイツが本気で辞めようと思えば、引き留められるかもしれないが、否とは言われないだろう。

仮に長い期間休むことになったとしても、勇者を続けてくれるなら全然構わないと、今のアーリシア王国ならば許してくれると思われる。

俺との関係もあるしな。

だから、まあ……そういうことだ。

「あっ……」

「風呂入るんだろ？　ほら、行くぞ」

俺はネルの肩を抱き、そして二人で、旅館の方へと向かったのだった。

◇　◇　◇

俺は、思った。

——今日は、リューの耳を思う存分弄《いじ》り倒したい、と。

思い立ったが吉日、俺は作戦を開始する。

真・玉座の間こと居間にて、魔力を極限まで抑えて気配を消し、対象の隙を——。

「何しておるんじゃ、ユキ」

「うわっ⁉」

突然横から声を掛けられ、思わずビクッと身体が反応する俺に対し、怪訝《けげん》そうな顔をするレフィ。

一瞬でバレた。

「……静かに。コードネーム：コワ＝イツマ。俺は今、ミッションを熟《こな》している最中なのだ」

「怖い妻？」

「違う。コワ＝イツマだ」

「そうか。どちらにしろ喧嘩《けんか》を売っておるんじゃな。フン！」

「危ねっ⁉　おい待て、俺は今ミッション中だと言っただろう⁉」

ブンと伸びてきた拳《こぶし》を、ギリギリで回避する。

「何じゃ、みっしょんって」

「ミッション名、『リューの耳モフリたい』。今日、俺は奴《やつ》の耳を触りまくることに決めたのだ」

「……まあ、彼奴《あやつ》の耳は良いものじゃしな。そこは儂《わし》も認めよう」

「だろ？　お前も参加するか？」

「良かろう、こーどねーむ：アホ＝ナオット。儂も参加しようではないか」

「アホな夫？」

「違う。アホ＝ナオットじゃ」

「そうか。喧嘩は買おうと言いたいところだが、今は大目に見てやろう。——さあ、行くぞ、コワ＝イツマ。お前は右翼を担当しろ。俺は左翼から攻める」

「いいじゃろう、アホ＝ナオット。儂の足を引っ張るでないぞ」

そして俺達は、行動する。

リウとサクヤの世話をしているリューの下へ、右側と左側から、こっそりと近寄っていき――。

「あぶぅ？」

「あう！」

「あれ、どうしたっすか、二人とも？」

リウとサクヤが、こちらに気付いて声を漏らし、突然の二人の変化に、リューが不思議そうな顔をする。

まずい、アイツまで気付いてしまう！

俺とレフィは目配せし、同時に動き出す。

目標がこちらを向くより先に距離を詰め切り――その耳を、両側から掴《つか》んだ。

「うにゃっ⁉」

「作戦成功！　繰り返す、作戦成功！」

「我らに熟せぬ作戦は無し！」

「……何してるんすか、二人とも」

犬耳を左右から触られながら、ちょっと呆《あき》れたような顔で俺達を見てくるリュー。

「いや、お前の耳を弄り倒したいって思って」

「お主の耳を思う存分触りたいと思って」

「……そうっすか。満足したっすか？」

「いやいや、全然。まだまだだ。このまま、今日一日は触らせてもらうから。ここをキャンプ地とする！」

「うむ、お主の耳は良いものじゃ。儂らは今日からここに住まうことにする！」

「二人は、相変わらずっすねぇ……もうなんか、二人の相変わらずっぷりが、ウチは嬉《うれ》しくすらなってきたっすよ。ねー、リウ、サクヤ」

そんなことを言いながら、キャッキャと喜ぶ我が子供達をあやすリュー。

「お前の方は、すごい成長したよなぁ。昔のボケ担当だった過去が、懐かしいわ」

「そうじゃなぁ……全く、我が子の成長も著しいが、皆の成長も早いものじゃ」

「二人ともそう言うっすけど、ウチもう、ここで結構過ごしてるっすからね。そりゃ変わるっすよ。二人だって、そうでしょう？　……まあ、全然変わってない面も多いっすけど」

「言われておるぞ、ユキ」

「お前のことだろ？」

「儂は母として成長しておるから、その限りではないの。のう、リウ、サクヤ」

「あぶぅ？」

「あう！」

「ほれ、二人もそう言うておろう」

「いや、今のは『何言ってるの？』って反応だろ？　全く、自分の子供の反応くらいちゃんとわからないとな」

「戯《たわ》け、お主こそ子供の言葉をしかと理解するべきじゃ。今は『その通り!』という反応じゃろう」

なお、このくだらない言い合いの最中も、しっかりリューの耳は触りっ放しである。

「はいはい、それより、どっちか手伝ってほしいっす。二人のおむつ替えるっすから」

「む、うむ、わかった。儂が手伝おう」

「それじゃあ俺は、レフィの分もリューの耳を触り続けよう」

「何がそれじゃあっすか、何が」

ジト目で俺を見るリュー。

最近俺は、コイツにこの呆れたようなジト目をされるのが、ちょっとクセになってきている。

母となり、本当にしっかりし始めたリューだが、俺の対応をする時もだんだん母親みたいな感じで甘やかすようになってきており、なんかこう……それがいいのだ。

昔は本当に、俺と一緒にバカやりまくっていたというのに。

「……よし、リュー！　耳かきしてくれ！」

「耳かきっすか？　もー、しょうがないっすねぇ」

「カカ、それでは子供らの世話は儂に任せよ。そちらの大きな子供を頼むぞ」

「任せてくださいっす」

レフィに子供達の世話を任せ、物を準備して正座し、ポンポンと己の膝《ひざ》を叩《たた》くリュー。

「はい、どうぞっす」

「うむ、妻にしてもらう耳かき……世界三大幸福に数えてもいいな」

「何すか、それ」

リューの太ももに頭を横たえると、彼女は笑いながら、耳かきを始める。

耳の中をいじられる、こそばゆくも心地好《ここちよ》い感触。

包まれる、リューの匂い。

健康的で、柔らかな太もも。

「……ご主人」

「うん？」

気分の良いままそう聞き返すと、リューは少し照れたような様子で言った。

「いえ……これから、五十年経《た》っても、もっと経っても……ご主人にこうして耳かきをして、一緒にゆっくり出来たらいいなって……そう思って」

俺は、少しだけ首を動かし、我が妻を見る。

「リュー」

「な、何すか？」

「お前、可愛過ぎか」

「……か、からかわないでほしいっす」

「いや、いや。別にからかってないさ。本心でそう思っただけで」

俺は笑って言葉を続ける。

「当たり前だ。俺達は、死ぬまで一緒だ。むしろ、もうお前が嫌だっつっても離れないね。それこ

そ、リウとサクヤが成人してウチを離れてっても、俺達は離れない。だろ？」

「……ご主人は、意外とそういう恥ずかしいこと、サラッと言えるっすよね」

「そりゃまあ、本心だからな。嫌だったか？」

リューは、頬を赤くしながら、こちらに顔を近付け——俺の頬に口付けする。

「……これで、答えでいいっすか？」

「おう、お前もなかなか恥ずかしいことするじゃないか」

「夫が夫なんで。自然と妻もそうなっちゃうんす」

「そうかい。そりゃあ良いことだ。今後死ぬまで一緒にいる相手として、楽しくやっていけそうだ」

「フフ、そうっすね。その通りっす」

そのまま俺は、良い機嫌で、リューとのんびり時間を過ごしたのだった。

◇　◇　◇

俺は、思った。

——今日は、レイラの角を思う存分撫《な》でまくりたい、と。

つい最近、リューの耳を触りまくって、俺はもうすごい満足することが出来た。

ならば次は、レイラの角を触りまくって、充足感を得なければならないだろう。

そうと決まれば、さっそく行動だ。

作戦開始。

リューの時と同じく。魔力を極限まで抑えて気配を消し、レイラの隙を窺《うかが》う。

今回は、レフィのアホはリル奥さんのところへ遊びに行っているので、いない。

リューと、あとリウとサクヤも同様だ。レフィとリューのそれぞれが二人を抱っこして、遊びに行っている。

あの二人とリル奥さんは、ママ友同士でかなり仲が良い。

良いことだ。ご近所同士、このまま仲良くしていってほしいものである。

そういう時、リルは所在なくなって、他のペット達のところへ逃げていくそうなのだが。ウチに来る時もある。

まあ、アイツらの動向は、今は良い。

今は、レイラだ。

現在レイラは、居間で静かにコーヒーを飲んでいる。完全な休憩タイムだ。

我が家の家事炊事を取り仕切っている我が妻だが、最近レフィとリューが頼りになることもあって負担が少なくなっており、その分アイツも好きに研究をしている。

羊角の一族の里へいつでも行けるようになってからは、精力的に通って論文などを読んでいるようで、さらに今はヴェルモア大森林遺跡にもいつでも行けるので、かなり楽しそうである。

俺は、レイラが自我を見せている時に、何だか嬉しくなるものである。

昔のレイラは、全然そうやって『隙』を見せなかった。

今は、見せまくりだ。

油断しまくり、隙見せまくりで、それだけ今は、俺達にそういう姿を見せても良いのだと思っているることがわかり、それが俺は、夫として本当に嬉しいのだ。

「という訳で、隙有り！」

「……えーっと、何ですー？　ユキさんー」

「いや、今日はお前の角を、思う存分弄り倒したいと思って。この前リューの耳を触りまくって気分良かったから」

「あぁ、なるほど……全く、ユキさんは贅沢者《ぜいたくしゃ》ですねー。日替わりで、妻の身体を楽しんでー」

「そう言われると、なんかすごいいかがわしいことでもしてるように聞こえるが、まあ実際そうだな！　俺は夫だから、妻の耳は俺のものだし、妻の角も俺のものだし、妻の尻尾《しっぽ》も俺のものだ！」

「ユキさんは、本当に私達のそれが好きですねー」

「好き。可愛い」

「……また、ネルが拗《す》ねますよー。『僕だけそれが無いーー！』って」

少し照れたような顔を見せるレイラ。

コイツのこういう顔も、本当に可愛いもんだ。色白のレイラは、照れるとそれがすぐにわかるからな。

「はは、その時はその時で、精一杯愛情を伝えるとするさ。一日付き合って、アイツの好きなようにさせるとしよう」

俺は確かに角も耳も尻尾も大好きだが、それはあくまで愛《め》でる対象だ。愛を伝える対象ではない。拗ねたら拗ねたで可愛いのがネルなのだが、その時はしっかりと俺の考えを伝え、愛してやるとしよう。

「フフ、えぇ、あの子は毎日頑張ってますから、そうしてあげるのがいいですねー。――それじゃあユキさん。今は、私に愛情を伝えてくださるターンだということですねー？」

「ん？　そうだな。そうなる。今日はお前とゆっくりしようかと」

「わかりましたー、では、こちらにどうぞー？」

少し不思議に思いながらも、レイラの言う通り、彼女の隣の椅子に座る。

すると、レイラは妖艶《ようえん》に微笑《ほほえ》み――座る。

俺の膝の上に。

ちょっと驚いたが、俺もまた笑い、彼女の胴に腕を回し、その素晴らしいスタイルをした身体を軽く抱き締める。

ふんわりと漂うのは、軽い香水と、彼女の匂い。

それらが混じり合い、このままずっと嗅《か》いでいたいような思いに駆られる。

レイラは、服には全然こだわらない方で、大体いつもメイド服のままだが、しかし身なりは毎日必ずしっかりと整えている。

だから、いつも、本当に良い匂いがするのだ。

そんな丁寧具合なので、妻軍団や少女組は、朝など髪を梳《と》かしたりするのをレイラにやってもらいたがり、よくレイラの櫛待《くし》ちという様子が我が家では見られる。

レフィとリューが、母の顔を大きく見せるようになったが、やはり我が家で一番のしっかり者は、変わらずレイラなのだ。

「フフ、夫の上に座るというのも、なかなか良いものですねー」

「おっと、女王様だ。ですがこの僕《しもべ》、女王様の仰せの通りにいたしましょう」

「では、このまま私の椅子になっていてもらいましょうかー」

そう言ってレイラは、彼女からも腕を回し、俺を抱き締める。

ギュッと、包み込むように。

「おうレイラ、珍しいな。お前からそうやって甘えてくれるなんて」

「私も、妻ですからー。たまにはこうして甘えてあげないと、ユキさんが寂しがるでしょうー?」

ははは、お前も言うようになったな。

「そうだな。それじゃあそのまま……たくさん甘えてもらおうかね！　お前が満足して、俺が満足するまで」

「夫の要望です、妻としてしっかり叶《かな》えましょうー」

レイラは、少し顔を赤くしながらも、微笑み。

俺の両頬に手を当て、顔を近付け——そのまま俺に口付けする。

柔らかな唇の感触。

それが、ゆっくりと、離れていく。

吐息。

熱い、視線。

「ユキさん、満足しましたかー？」

レイラは、すぐ近くで、囁《ささや》く。

甘く、脳髄が痺《しび》れるような声音で。

「……さあ、まだだな」

「フフ、私もですー。では……もう一度」

「あぁ」

俺達は、もう一度口付けを交わした。

――なお、その様子を一旦《いったん》戻ってきたリューに見られ、「あー……ウチら、今日家に戻るの遅くするっすね」と言われ、レイラがボンと顔を真っ赤にしていた。

コイツはこういうところが愛《いと》おしいんだよな。

◇　◇　◇

イルーナの今の一日は、前よりも大分忙しくなった。

それは勿論《もちろん》、学校に通い始めたからだ。

朝から昼過ぎまで学校に通い、それが終わったら家に帰るか、友達と遊ぶか。

あとは、里の探検をすることもある。

少女組が学校へ行き始めてからすでにそれなりに経ち、羊角の一族の里というものにも慣れてはきているのだが、それでもまだまだ里に関して知らないところは多く、それらを見て回るのはとても楽しいのだ。

そういう訳で、学校がある日は何だかんだと遅くまで里におり、充実した一日を送るのだが、だからこそ彼女は今、それらが無い休日などの家にいる時間を、とても大事なもののように感じていた。

家にいて当たり前だと思っていたものが、実は当たり前ではないのだということが、今ではよくわかるのである。

「セツ、行くよ！　それー！」

「くぅ！」

草原エリアにて、イルーナはフリスビーを投げ、瞬間、勢いよく走り出したセツがその柔軟な身体をしならせ、ジャンプ。

飛んでいくフリスビーを上手くキャッチ――出来なかった。

カッコ良く跳び上がった割に、スカッ、という感じで空振ってしまう。

「くぅ～……」

「あはは、失敗しても練習あるのみだよ、セツ！」

落ちたフリスビーを咥《くわ》え、とぼとぼと戻ってくるセツをイルーナは撫でる。

「よし、それじゃあお父さんにお手本見せてもらお！　リル～、お願い！」

「……クゥ」

リルはやれやれと言いたげな様子で苦笑を溢《こぼ》し、頷《うなず》く。

なお、「しょうがない」という顔をしているリルであるが、彼は実際のところフリスビーで遊ぶのがかなり好きであるため、その内心が尻尾の揺れ具合によく表れている。

常に凛々《りり》しく、威厳ある父のリルであっても、フリスビーの魅力には抗《あらが》えないのである。

「行くよ、リル！　それ～！」

イルーナが天高く投げたフリスビーに向かって、リルは駆け、よく見定め——大ジャンプ。

全身の筋肉を躍動させることでとんでもない高さまで跳び上がり、そして見事キャッチ。

そのまま空中で姿勢制御し、高く跳び上がったにしてはまるで羽のような軽やかさでポフ、と着地した。

「くぅ！　くぅくぅ！」

「リル、かっこいー！」

「クゥ」

大喜びで「お父さんすごいすごい！」と跳ねる娘に頬を緩ませながら、イルーナにフリスビーを返すリル。

その彼の様子を見て、思わずイルーナは小さく笑ってしまっていた。

自分の子供を見るリルの眼差《まなざ》しが、何だかユキの姿にそっくりだったからだ。

共に危険を駆け抜け続けたことで、一人と一匹の価値観が似通っていることは知っているが、子供を愛す時のしぐさもよく似ていて、何だか微笑ましく思ってしまったのである。

——ユキとレフィ達、リルとリル妻。

皆を見ていると思うのだが、やはり『父』と『母』は子への対応の仕方が違うように思う。

父は、普段は何も言わないし、母に頭が上がらない様子だが、しかし大事な時には誰よりも頼りになって、一緒にいると安心して。

母は、普段から色々と言うし、しっかりやりなさいと怒るが、そこには深い愛があって、子供のために毎日色んな世話をしてくれて。

一概にそうと断言出来るものではないだろうし、そこは家庭によりけりなのだろうが……自分の両親も、今思い出すと、そうだったように思う。

ユキ達もまた、着々とそういう存在になっていっているのが、彼らと毎日一緒にいるイルーナにはよくわかるのだ。

「……クゥ？」

少ししんみりしてしまった彼女は、ニコッと笑ってリルに言葉を返す。

「ううん、やっぱりリルは、おにいちゃんの相棒だなぁって思って」

「……ク、クゥ？」

「くぅくぅ！」

「あはは、わかったわかった。それじゃあもっとフリスビーやろうか。行くよ、セツ！　それー！」

「くぅ！」

再びイルーナが投げたフリスビーに向かって、一目散に駆けていくセツ。

そして、今度はしっかりとキャッチに成功。

パシッと空中で咥え、そのまま見事に着地。

フェンリルとしての能力の高さを、遺憾なく発揮した結果である。

「おー！　すごい、セツ――ってうわ！」

「くぅくぅ！」

「あはは、もー、やったなぁ！」

大喜びで戻ってきたセツにそのまま飛び掛かられ、イルーナは草原エリアに倒れ込む。

セツは、一番面倒を見てくれているユキの次に、イルーナに懐いている。

それは、ユキの面倒見の良さをよく引き継いでいるイルーナに、自分はお姉ちゃんだからという意識があり、成長著しいセツのこともよく気に掛けているからだ。

すでに普通に意思疎通が可能で、犬ならば大型犬と同程度のサイズにまで成長しているセツのことは、ペットというよりも妹のようなものとイルーナは感じていて、だからこうして一人だけでセツと遊びに来ることがよくあるのだ。

セツとしても、自分といっぱい遊んでくれるイルーナのことは大好きであり、あと彼女が少女組の中でお姉さんである、ということもしっかり感じ取っているので、自然と群れの上位者として認識している。

イルーナ以外の少女組もセツのところへ来ることはあるが、彼女らは面倒を見るというよりも一緒に遊ぶという感覚の方が大きく、そしてそれで良いと思っているため、セツも懐きはしているものの、どちらかと言うと友達のように思っているのだ。

「よーし、仕返しだ！」

「くぅ、わふふ、くぅ！」

わしゃわしゃとイルーナはくすぐるように撫《な》でまくり、セツは喜ぶように身体を捩《よじ》らせながら、ごろんと転がって腹を見せる。

その一人と一匹の様子を、微笑ましそうに見守るリル。

リルにとって、イルーナとは『もう一人の主《あるじ》』とでも言うべき存在だ。

己をこのダンジョンに呼び出してくれたのが彼女であり、守るべき者として今までもそれとなく見守ってきた。

だから、身体が大きくなったという以上に――精神的に、成長した部分。

イルーナのそれが、彼にもよくわかるのである。

ただの幼子ではなく、少女となり、そして大人っぽい一面すらも見せるようになり。

元々歳《とし》の割に聡明《そうめい》であった彼女だが、年月が経ち、特に学校へ行き始めたことで、一気にその精神年齢が伸びたことが毎日共にいる訳でもないリルでも感じられるのだ。

いや、むしろ、毎日が一緒ではないからこそ、余計にそういう変化がわかるのかもしれない。

自分の娘にも、彼女のような聡明さを持ってほしいとは思うが、しかしまだまだ幼い娘にあまり多くを求めるのは良くないか、なんて思ったりもし、その塩梅《あんばい》に悩みながら、自分の思いに苦笑する日々である。

這《は》えば立て、立てば歩け、という典型的な親心を感じながら、だがそれもまた、彼にとっては楽しい日々であった。

「ねぇ、リル」

「クゥ？」

「おにいちゃんとさ、おねえちゃんと。あとリルとシィと。それだけしかいなかったダンジョンも、賑《にぎ》やかになったよねぇ」

「クゥ」

感慨深そうなイルーナの言葉に、リルもまた同じ感覚を味わいながら、頷く。

人が増えた。

ペットも増えた。

今は、ペットではない部下達なんかも数多《あまた》いる。

「だけどさ、何て言うのかな……ここにある、あったかさは昔から変わらない感じで。わたし、何だかそれが嬉《うれ》しいんだ。これが家族なのかなっていうのが、前よりもよくわかるようになってさ。同じものを、この子達が感じてくれたら嬉しいなって思うの」

「くぅ～？」

「あはは、そうだね。わたし達はもう、同じ群れの仲間だよね」

不思議そうに首を傾《かし》げるセツを見て、ちょっと照れ臭そうにするイルーナ。

リルは微笑み、すりすりと優しくでこの辺りを擦《こす》り付け、イルーナはそれを受け入れるように、彼の顎《あご》の下辺りを優しく撫でた。


「――ただいまー」

「うむ、お帰り。カカ、何じゃ、服が毛だらけじゃな」

イルーナを出迎えるのは、レフィ。

「いやもー、セツが飛び掛かってくるからさぁ。あの子、自分の身体の成長具合をわかってないんだよー」

「カカ、ま、あっという間に大きくなったからのぉ、セツは。それでも、まだまだ幼児の段階じゃ。甘えたがりでも仕方あるまい」

「まあね。あと、そんな娘の様子を見守ってるリルの父親な顔が、何だか見てるとちょっと面白いんだよね。前より内心の思いが顔によく出ててさ」

「彼奴は元々面倒見が良かったからの。子供が出来てからは、それもひとしお、じゃ」

「リルがあんなに教育熱心になるとは思わなかったよー。――リウ、サクヤも、ただいま！」

「うぅ！　あわぅ！」

「ばぁあ？　うおぉ！」

――うーん、ちょっとこの子ら、可愛過ぎるなぁ。

元気良く返事みたいなことをしてくれるリウとサクヤに、思わず頬が緩む。

セツに負けず劣らず成長著しい二人だが、今日は二人ともご機嫌らしい。

「ぶうぅ！　いよお！」

「抱っこ？　でもおねえちゃん今、セツの毛だらけだよ？」

「あう！」

「うーん、まあ、今更か！　んー、よいしょ！」

ハイハイでこちらまでやって来たリウを、イルーナは抱っこする。

ズシリと重い身体。

あやすように軽く揺すってやると、耳をピコピコと可愛らしく動かし、笑みを浮かべる。

向けられる笑顔に、胸の奥がじんわりと温かくなっていく。

と、服を引っ張られる感覚を感じて足元を見ると、サクヤがイルーナのズボンをがっしりと掴《つか》んでいた。

「あ、待って、サクヤ。抱っこは順番ね、順番」

「リウとサクヤは、今日は姉と遊びたいようじゃのぉ。ほれ、リウの方を受け取ってやろう」

「うん、お願い」

レフィはリウを受け取り、イルーナは次にサクヤを抱っこする。

すると、サクヤもまた、嬉しそうに笑うのだ。

「……ね、おねえちゃん」

「ん、何じゃ？」

「いっぱいいっぱい……幸せだね！」

「カカ、うむ……そうじゃな」

レフィは、我が子達にするのと同じように、リウを片手に抱いたまま、イルーナの頭を撫でた。

イルーナは、その手の温かさが何だか気恥ずかしく、だがそれ以上にとても嬉しく。

誤魔化すように、言葉を続ける。

「そうそう、今度授業参観？　っていうのが学校であるんだって！」

「ふむ、言葉からして、子供らの授業を見に行くいべんとかの？」

「うん、そうみたい。おねえちゃん達も来てよ！」

「勿論《もちろん》良いぞ。基本的に儂《わし》らは暇じゃからの。ユキなどきっと大張り切りで行くじゃろうな」

「あはは、そうだね。でもおねえちゃんも、張り切りそうな気がするけど。で、最近しっかりお母さんなリューおねえちゃんに、『おいおい』って顔されるんだね？」

「……そうなりそうじゃ」

「それで、ネルおねえちゃんが楽しそうに笑いながら二人に乗っかってふざけ始めて、その横でレイラおねえちゃんがニコニコしながらリウとサクヤのお世話をしてるんでしょ」

「……そうもなるじゃろうな。お主はよく見ておるのぉー」

「それはもう、家族だからね」

肩を竦《すく》めるイルーナを見て、レフィは「お主の成長も著しいのぉ」と苦笑を溢す。

「あっ、おにいちゃん！」

その時、奥からのんびり現れたユキを発見し、イルーナは声を掛ける。

「おー、何だ」

「あのね、今度授業参観があるの！　だから、みんなに来てほしいなって思って」

「！　おぉ、授業参観！　いいな、行く行く、それはもう天地がひっくり返ろうが行くぜ」

「天地がひっくり返ったら、まず学校がやらないけどね」

「そうじゃな。それどころではないの」

「世界に暗黒魔人が現れ、暗黒の時代に突入しても行くぜ」

「うーん、それは普通に学校やりそう」

「ヒト程度ならば、どうとでもなるじゃろう」

「……確かに。俺でも何とかなりそうだ」

そんな冗談を交わす家族の姿を見て、イルーナとレフィに抱っこされているリウとサクヤは、機嫌が良さそうに笑っていた。

◇　◇　◇

朝。

シィは、にかっと笑った。

「さあ、きょうも一日、がんばるぞー！」

「あ、シィ、起きたっすか。おはようっす」

両拳《こぶし》を天に突き上げ、朝からフルスロットルなシィに声を掛けるのは、寝起きが良い筆頭であるリュー。

まだ寝間着の姿だが、しっかりと目は覚めているようで、すでに顔を洗って髪を整え、朝の準備は終えていた。

シィも寝起きが良い——というより、ヒト種とは違い、彼女の『寝る』という行為は厳密には睡眠というよりも『休息状態』とでも言うべきものであるため、起きようと思えばすぐに目を覚ますことが出来るのである。

さらに、ダンジョンの魔物であるため、体力が人並み以上にあることに加え、ダンジョンにさえいればあっという間に疲れが癒えていくのだ。

同じように、エンやレイス娘達も睡眠ではなく『休息状態』で休むので、動こうと思えばいつでも動けるようになるのだが、ただ最近学校に行き始めて一日に消費するエネルギー量が増えたことが理由で、以前程朝から活発という訳ではなくなっていた。

イルーナなどは特にそれが現れていて、ただのヒト種である彼女はみんなより遅く起きることが多くなり、「早くしないと遅刻するぞ」と声を掛けられてようやく目を覚ますことが増えている。

が、シィだけは変わらない。

いや、一日の消費エネルギーという点では、少女組の皆と一緒なくらいのはずなのだが、彼女だけはいつでも元気そのものである。

眠っているよりも活動している方が好きなので、朝を寝過ごすなんてとんでもないと考えているのだ。

だから、リューと朝にこうして二人だけで挨拶《あいさつ》することが、今では多くなっていた。

「リューおねえちゃん、おはよう！　きょうも良い朝だね！」

「そうっすねぇ。今日も今日とて活動日和っす。あ、コーヒー今淹《い》れてるっすけど、シィも飲むっすか？」

「えー、コーヒーはいいや！　だって苦いし！　ミルクだったらのむ！」

「あはは、わかったっす。それじゃあ、はい、シィのコップ」

「ありがと～！」

シィは両手でコップを持ち、ゴクゴクと飲む。

「ぷはっ！　やっぱ朝はこれだね！　それにしても、おとな組のみんな、コーヒーよくのむよね～。ほんとーにおいしくてのんでるの？」

「ウチも昔は苦いだけだと思ってたんすけど、今は何だか、その苦みが美味《おい》しいんすよねぇ……シィもきっと、もうちょっと大きくなったらわかるっすよ」

「そうかなぁ。そうだといいなぁ！」

ニコニコで元気いっぱいなシィと話している内に、リューの中にあった朝のちょっと気怠《けだる》い気分もすぐに吹き飛んでいき、思わず小さく微笑む。

「それじゃあシィ、みんなを起こしてきてくれるっすか？」

「うん、まかせて！　――みんな、朝だよ～！　おきて～！」

そうして、元気の良い彼女の声で、ダンジョンの朝が始まるのだ。

◇　◇　◇

シィにとって学校とは、勉強をする場所というより、友達と会うための場所である。

座学は、彼女には全然楽しくないのだ。

特に、『さんすう』はダメだ。『さんすう』をやっていると、頭がグルグルして、混乱状態になってしまう。混乱の呪文だ。

あと、『しゃかい』も同じくらい強敵だ。国の成り立ちがどうのとか、政治がどうのなんて話をされても、訳がわからない。

シィが生きるのはダンジョンであり、それより外の、大きな国での枠組みなんてものは、彼女にとって全く知る必要のない知識なのだ。

しかし、勉強という点に関して、イルーナとエンは普通に出来て、とても賢い羊角の一族の子供達にも全く引けを取らない感じなので、全然シィの思いに共感してくれないのである。

レイス娘達なんかも、勉強が苦手というか、面白くないと普通に逃げるので、そういう意味では苦労を分かち合ってくれない。

ただ、そんな勉強嫌いなシィでも、好きな授業はある。

それは、『まほう』と『おんがく』だ。

魔法と音楽は良い。楽しい。難しいことを考えず、感覚のままにやればいいからである。

考えるよりも、感じることの方が、圧倒的に楽しい。

他の科目も大体全部苦手で、しかし周りの子達は普通に授業に付いて行けていて、どうしたものかなぁなんて思ってしまうことがシィにもあったが、今は特に気にせず「まあいっか～！」と若干開き直っている。

自身の主たるユキが、「苦手を克服するのは大事かもしれない。が、それと同じくらい、得意なことを伸ばすのも大事なんだぜ？　好きなことを好きにやればいいのさ」と言ってくれたからである。

その横で、レフィに「いやお主、好き放題やっておるだけじゃ駄目じゃろう」などと言われていたが、「何言ってんだ、全部が全部優秀なんて無理なんだ。そんなことやろうとしたらおかしくなる。だから、一つでもいいから自分の武器を探すんだろ」なんて話していて、その言葉はストンとシィの胸の中に入ってきた。

勿論シィも、ただ好き放題やればいいだけという話じゃないことはわかっている。

好きを好きにしていいからって、それを免罪符に苦手から逃げていい訳じゃない。

ただ、苦手ばかりに目を向けていては辛《つら》いだけなので、好きにも同じくらい目をやるべきなのだ。

楽しいことが大好きなシィには、そうやって生きてもいいんだというユキの言葉が、嬉《うれ》しかったのである。

そういう訳で、学校は大変なことも多いが、それはそれで満喫しており、何よりシィは友達が多かった。

特殊な種族であり、天真爛漫《てんしんらんまん》で常に元気いっぱいなシィは、とりあえず一緒にいてくれると場が明るくなるので、自然と人に呼ばれるのだ。

だから、授業は苦手ばかりでも学校自体は好きだ。ダンジョンだけで過ごす日々も最高だったが、学校に通う今の日々も最高である。

——そうして、今日も今日とて学校で授業に励み、頭を悩ませ、エミュー達羊角の一族の友人らと遊び、一日を過ごす。

陽《ひ》が西に傾き始めた頃になって、ようやく帰路へと就く。

「いやぁ、きょうも一日、いい日だった！」

「シィは、学校終わりでも元気だねぇ」

「……ん。良いこと」

ニコニコしているシィを見て、そう溢すイルーナとエン。レイス娘達も、同意するように笑っていた。

少女組は、朝はいつも一緒だが、帰りは結構別々だ。

一人が早く帰ったり、逆に図書館に籠《こも》ってちょっと遅くまでいたりと、様々である。

羊角の一族の里は、ほぼ身内で構成されているが故に群を抜いて治安が良いため、空が完全に暗くなるまで遊んでいてもイルーナ達が怒られることはあんまり無い。

そういう点では、ユキはかなりの放任主義だ。「晩御飯が出来る頃までには帰ってくること。あるいは、晩御飯にも遅れそうなら、一言入れておくこと」という約束だけして、それ以外のことは基本的に好きにしたらいいという方針である。

それは、羊角の一族の里の治安の良さ、防犯機構の優れ具合を知っているからというのもあるが、それ以上に少女組がしっかりしていることを彼もよくわかっているからだ。

シィとレイス娘達はちょっと心配な面もあるが、それでも約束したことは彼女らもちゃんと守ろうとするのである。

だから、気ままな彼女らは気ままに放課後も過ごす訳だが、しかし今日は少女組が揃《そろ》って遊んでいたので、そのまま帰りも一緒だった。

「ん～？　それはもちろん、きょうもたのしい一日だったから！　みんなは、そうじゃなかった？」

「楽しかったのは楽しかったけど、クタクタだよ～。特に今日は、魔法いっぱい使ったしなぁ」

「……魔法の授業はやっぱり楽しい。見るのも覚えるのも楽しい」

「ねー！　まほー使えると、ニコニコしちゃう！」

「シィはいつでもニコニコだけどね」

「……ん。シィといると、いつでもほんわかする」

「えへへ、みんな、ほめすぎだよ～！」

満更でもない様子で照れながら、シィは目の前の扉を開く。

「みんな、ただいま〜！　シィ達が、きかんしたよ！」

べべーん、と家に帰ると、すぐに家族の皆が彼女らを出迎える。

その中で、レイス娘達だけは、顔を見せた後にそのまま城の方へとふよふよ漂って去って行った。

「おう、おかえり、お前ら。今日も一日、学校頑張ったな。サクヤ、お姉ちゃん達帰ってきたぞ。おかえりって言ってあげな」

「あうよ！」

そう声を掛けてくるのは、息子と遊んでいたらしいユキ。

サクヤもまた、両手を動かし、帰ってきた少女組に向かって笑いかけ、出迎える。

「ただいま、サクヤ！　うん、きょうもがんばったー！　きょうはねー、まほーの実験、いっぱいしたの！　なんのための実験かはわすれたけど、なんかいっぱいへんかして、おもしろかった！」

「そうかそうか、ソイツは良かった。良い観測日和だったってことだな」

「うん！　そうなの！　なんちゃらびよりだったの！」

「もー、おにいちゃんもシィも適当なんだから。わたしは、二人の会話がそれで成り立つことが不思議だよ」

「……二人とも、どちらかと言うと楽観的だから」

「カカ、ユキ、言われておるぞ。少女組にそう言われておったらおしまいじゃな。のう、リウ」

「うばぁ！」

レフィに抱っこされ、ご機嫌な様子のリウ。

「何を言う。楽観的なのは決して悪いことじゃないさ。それはすなわち、人生が希望に満《み》ち溢《あふ》れているということだからな！　なー、シィ」

「ねー、あるじ！」

「シィが楽観的なのは可愛いものっすけど、ご主人が楽観的なのは、ちょっと嫌っすねぇ」

「うわ、夫差別だ。ネル、聞いてくれ。妻が酷《ひど》いこと言うんだ」

「おーよしよし、哀れなおにーさん。妻の一人として、存分に慰めてあげよう！」

「ネルはユキさんに甘いですねー」

「いやぁ、でもレイラもどちらかと言うと、おにーさんに甘めでしょ？」

「そんなことは……無いですがー」

「全くお主ら、此奴《こやつ》にはもっと毅然《きぜん》と対応せんといかんぞ。甘やかすと、ロクなことにならんからの」

「……そ、そう言うレフィこそ、何かある度にユキさんを甘やかすじゃないですかー」

「……い、いや、そんなことは無いぞ！　儂《わし》は常に、此奴に対して厳しく、泣きべそを掻《か》かんばかりの対応をしておるからの！」

「レフィお前、それはそれでなかなかなことを言ってるってわかってるか？」

「あはは、まあいいじゃないっすか、みんな変わらず仲良くってことで。それより、そろそろご飯っすから、みんなも準備してほしいっす。少女組も、手を洗ってくるっすよー」

「「はーい！」」

「……はーい」

家での時間。

シィは、こうしていつでも賑《にぎ》やかな皆と一緒にいるのが、学校に行くのと同じくらい大好きだった。

「んふふ、やっぱりきょうも、いい一日だったねぇ！」

ニコニコと楽しそうに笑うシィを見て、イルーナとエンは顔を見合わせる。

「ま……そうだね。今日も良い一日だった」

「……ん」


シィの種族は、『ヒーリングスライム』。

ただそこにいるだけで、皆を笑顔にし、癒すのだ。

◇　◇　◇

エンは、己が武器である、ということに矜持《きょうじ》を持っている。

主を守り、主のために戦うのが、己の存在意義。

だから、本来であればユキからは片時も離れたくない。

もっと自分のやりたいことをやってもいい、なんてユキには言われることがあるが、そもそもその考え方が違うのだ。


己は、一人では生きていけない。

武器とは己だけであるものではなく、それを使う者がいてこそ本領を発揮するもの。

そうである以上、主から離れて学校へ通うというのは、己にとって存在意義から外れた行動なのである。

別に、学校が嫌いな訳ではない。

学ぶことは好きだ。

知らぬことを知るのは、とても楽しい。

元々何も知らずに生きてきたからこそ、彼女はそのことをよくわかっている。

が、武器として振るわれるという矜持に勝るものではない。

主が、己がいない場合は無茶をしないし、何か戦うことが必要な場面になったら必ず呼ぶと言ってくれたからこそ、不承不承ながら納得して学校に通っているのである。

まあ、つい最近は約束を守って、しっかり自分も連れて行ってくれたので良かったし、子供が生まれてから主はそこまで危険なことはしなくなり、子育てで家にいる時間の方が圧倒的に長いので、エンが家にいてもやることがないという事実はあるのだが。

それでも……己の本懐を考えれば、本来は主と離れる訳にはいかないのだ。

羊角の一族の里で、そんなことを思っていたエンは、ふと一緒にいたレイス娘達に問い掛ける。

「……みんなは、何で、学校に行くの？」

エンの言葉に、顔を見合わせるレイス娘達。イルーナとシィは、今は別行動である。

レイス娘達が、特に勉強に興味が無いことをエンは知っている。

勉強が苦手なシィなどは、「うーんうーん」と悩みながらも毎日しっかり授業を受け、何だかんだと楽しそうに過ごしているのだが、レイス娘達はそもそもとして自分達に勉強というものが必要だとは思っていない節があるのだ。

だから、面白いと思った授業なら普通に参加するが、つまらないと思ったら逃げる。それでも、学校だけは自分達と一緒に毎日通うのである。

エンの問い掛けに対し、まずレイが「楽しいから！」と答え、ルイが「みんないるから！」と答え、ローが「私も同じー。エンは楽しくないの？」と聞いてくる。

「……んーん、楽しい。楽しいけど、エンは、刀だから。それより、優先することがある」

すると、レイは「楽しいなら、そのまま楽しめばいいじゃん！」と言い、ルイは「エンの矜持は知ってるけど、でもそれだけに固執する必要は無くない？」と言い、ローは「エンはちょっと、難しく考え過ぎじゃない？　あるじも、同じようなことを思って、学校に行かないかって説得したんだと思うよー？」と言う。

「……難しく考え過ぎは、そうかも。否定出来ない」

己が、頭が固い方だとはわかっているつもりだ。

頑固と言われても否定は出来ないし、こだわりが強い方だということも自覚している。

シィ――はちょっとアレだが、例えばイルーナ。

賢く、自分達のまとめ役のような彼女であるが、しかし何か行動したりする時に「……ま、何とかなるでしょ！」といった感じで、出たとこ勝負な結論を出すことがままあるのだ。

ユキの影響なのか、それともイルーナが持つ本来の気質なのか。

いや、十中八九それは、前者なのだろう。

対して自分は、そうやって割り切った決断をすることが出来ない。

武器というものは、元来己で決断などしない。使ってくれる者に、判断は任せる。

だから、何か自分で決めなきゃいけないとなった時に、時間が掛かってしまう悪癖は自覚しており……これもまた、その一環なのだろうか。

決断出来ず、難しく考え過ぎているだけなのだろうか。

己が第一とすべきは、主の武器としてあることだ。

そこは揺らがないが……確かにもっと、気軽に考えて、学校を楽しんでもいいのかもしれない。

むむむ、と再び難しく考え始めたエンに、レイス娘達は苦笑を溢す。

レイは、「まあ、エンの良いところの一つは、たくさん考えるところだから、私は変わらないでもいいと思うけどね」と言い、ルイは「そだねー。個性と悪癖はひょーりいったい！」と言い、ローは「ルイのおっちょこちょいも、個性で悪癖！」と言って笑う。

すると、レイは「うーん、正解！」と言い、ルイが「何を～！」と怒り始め、ローが「あはは、逃げろー！」と言って、ぴゅーと逃げ回り始める。

いつもの感じでふざけ始めた三人だが、エンはもう彼女らに慣れっこなので、全く気にせず考え続ける。

イルーナは、変わった。とても賢く、立派になった。

シィも、変わった。のほほんとしているところと、自由なところは変わらず、だが言動に芯《しん》が見えるようになった。

レイス娘達も、こうしてふざけている時は昔と全然変わらないが、それでも各々、成長が――いや、正直あんまり変わっていないかもしれない。

まあそれでも、レイス娘達もリウとサクヤの面倒を見ている時はお姉さんの顔を見せるようになっているので、やっぱりしっかりした面は出て来たかもしれない。

対して自分は……どうだろうか。

あまり変わっている気はしない。自分のことはよくわからないが、少なくとも頭の固いところは昔と変わっていないだろう。

それがわかっているのならば、意識して、己も変わってみた方がいいのかもしれない。

何だったか……最近、主が時々言うようになった言葉。

――命を全うせよ。命を謳歌《おうか》せよ。それが、命ある者の責務である。

主は、度々それを言うようになった。そして、機嫌が良さそうに笑うのだ。

その言葉の真意までは知らないが、恐らく何か彼の琴線に触れるものがあったのだろう。

今、自分は……命を謳歌しているとは思う。

全てのものが楽しく、家族と過ごす時間も最高だ。

難しく考えず、ただその楽しいという感覚に身を投じるだけで、いいのかもしれない。

「……よし、決めた」

何か決意したような声を漏らすエンに、鬼ごっこに発展して空中をぐるぐる自由自在に駆けていたレイス娘達が、彼女のところへ戻ってくる。

エンは、言った。

「……主に、もっと魔物狩りがしたいって、言ってみる」

いや、結局それかいとレイス娘達は揃《そろ》って思ったが、まあエンが主に甘える分には問題ないだろうし、彼女らは空気が読めるレイスなので、それ以上は言わなかった。

良い刀とは、折れず、曲がらぬものだが、その点では、エンは間違いなく名刀であった。

ただ、それでもやはり、ユキ達と暮らしていく中でゆっくりと柔軟さを増し、自由さを獲得していっているのだ。

◇　◇　◇

俺は、言った。

ふざけんなお前、それは俺のドーナツだ、と。

妻レフィは、言った。

お主いつもそんな甘いもの食わんじゃろうが、と。

俺は言った。

今日は俺、ドーナツ食いたい気分だったんだ、楽しみにしてたのに！　と。

妻レフィは言った。

ならば名前でも書いておくんじゃの、と。

幾ら我が妻と言えど、こんな横暴を許しておく訳にはいかず。

悪は正義によって裁かれねばならず、正義とは力によって実現されるのだ。

——戦争の勃発《ぼっぱつ》である。

「全く、お前はいっつもそうだ！　確認もせず、自分の思い込みで勝手にやりやがる！　つい最近遺跡攻略してお疲れの夫を労《ねぎら》おうとは思わんのか！」

「お主にだけは勝手だとか言われとう無いし、そもそもユキ、いつも甘いもんそんな食わぬくせに、急に気分じゃからなどと言われても、わかる訳ないじゃろう！　大体、お疲れと言うてもしっかり労ってやったじゃろうが！　まだ労えと言うのか！」

「はー、なんて心無い言葉だ！　一個だけドーナツ置かれてたら、普通に考えて誰かが食べようとしてるもんだってわかるだろ！　それにお前、俺の妻だろ⁉　だったらそれくらい察せよ！」

「妻はえすぱーではないんじゃぞ⁉　どれだけ相手に高望みしておるんじゃ！」

「最近は結構お前、俺の考え読んでくれてただろうが！　ほら、俺が今何考えているのか当ててみろ！」

「……リウがよだれ垂らしてしまっておるから、拭《ふ》いてやらんと、というところか？」

「……正解だ」

「…………」

「…………」

微妙な無言。

「……オホン、いや、それとこれとは話が別だ！　全く俺のドーナツ食いやがって！　こうなってはお前には、決闘を申し込む！　俺が勝ったら、お前には『夫の心を読めなくてごめんなさい』と謝ってもらおう！」

「お、おぉ！　いいじゃろう、ならば儂が勝った暁には、お主には『無茶を言ってすみません』と土下座してもらおう！」

「いいだろう！　では、今回は公平を期すために――これで勝負しようではないか！」

ババーン、と俺が取り出したのは、銃。

と言っても、完全におもちゃで、形こそスナイパーライフルみたいなカッコいい感じだが、プラスチック製で子供が喜びそうな色合いをしている。

弾はスポンジ、発射機構はバネ。だが試し撃ちをしてみた時は結構ちゃんと飛んで、思わず「おぉ……」と思ったものである。

スコープまで付いていて、割と本格的だしな。

なお、この世界に存在しないプラスチック製なので、実はＤ　Ｐ《ダンジョンポイント》カタログでおもちゃとは思えないくらいに高いことは内緒だ。

ま、まあ、これのためにわざわざ魔物狩りもやって、自前でＤＰは揃えたので、許してもらうとしよう。

俺、こういうおもちゃ、好き。

「それはー……あー、それは何じゃ？」

「説明しよう！　これは、リウとサクヤのおもちゃに良いかと思って出してみた、おもちゃ銃だ！引き金を引くと弾が飛ぶ！」

「……結構凝った形状をしておるが、高いのではないか？」

「うん」

「うん、ではないわ、うん、では！　……まあよい、で、どう遊ぶんじゃ」

「ルールは簡単、寝そべってこれを構え、撃つ！　そして、より多く的を倒した方の勝ちだ！」

「ほう？　的とは？」

「基本的には、ぬいぐるみとかだな。こんな感じで置いて、より多くの的を撃って倒した方の勝ちだ。掠《かす》っただけとかじゃダメだ。しっかり倒さんとポイントにならん」

的は、リウ達用のぬいぐるみや本、撃っても壊れないだろう小物類。

言わば、縁日の射的みたいなもんだな。

「おぉ……正直、ちと楽しそうじゃの」

「だろ？　ポイント配分はどうする？　こっから奥のを倒せたら三ポイントとか、そんな感じにするか？」

「ふむ、では……手前は全て一ぽいんと、テーブル辺りから奥の、床にあるのは二ぽいんと、テーブルの上にあるのは三ぽいんとでどうじゃ？」

「それでいこう。じゃ、お前もいい感じで的を散らばせていけ」

「うむ、任せよ」

俺達は、二人で的になりそうなものを部屋から持ってきて、あちこちに置いて行く。

我が家の出入り口の扉がある辺りから、奥の玉座の方に向かって的を置いていく感じにし、数分して準備を終える。

「よし、こんなもんか」

「うむ、では、今回は儂《わし》からやらせてもらおうかの！」

「いいだろう、行きたまえレフィ二等兵。このレバーを引くことで弾が装填《そうてん》され、この引き金を引くことで撃つことが出来るぞ。一発交替な」

「わかった。これを覗《のぞ》いて……こんな感じか？」

「そうそう、大体そんな感じ」

床に寝そべったレフィは、それっぽくライフルを構える。

「……見えた！　ここじゃ！」

そして彼女は引き金を引き、パシュンッ、とスポンジ弾が飛んでいき——命中。

が、狙ったぬいぐるみは、掠っただけで、倒れなかった。

弾の威力は十分だったが、当たった位置が良くなかったようで、ぐるんと回るだけに終わる。

「んなっ、あ、当たったのに！」

「ハッハー、バカめ！　それだから貴様は二等兵なのだ！　まだまだ訓練が足りんようだな！」

「ぐ、ぐぬぬ……まあ良いわ、今ので大体わかった！　次は必ず得点げっとじゃ！」

「悠長なことだ、ここで俺、ユキ二等兵は一気にお前を突き放す！　追い付けると思わんことだ！」

「あ、お主も二等兵なんじゃな」

「いやまあ、階級は一番下から始めるもんだし」

交替し、俺は寝そべってライフルを構える。

狙うは三ポイント。レフィが外した今、俺がここで高得点を取れれば、大きな差が付く……！

「俺はシモ・ヘイヘ……雪に紛れ、敵が気が付かぬ内に命を刈り取る白き死神……その眼《まなこ》が捉《とら》えた獲物は、絶対に逃がさない……」

「ここ、雪ないが」

「うるさいレフィ二等兵。——捉えた！　ここだ！」

俺は、引き金を引き——普通に外した。

レフィと違って、掠りもしなかった。

「……チクショウ、この銃、銃身《バレル》が曲がってやがる……！」

「己の腕の無さを道具のせいにするのは良くないのぉ！　どけ、ユキ二等兵。儂が射撃の手本というものを見せてやる！」

再び交替。

レフィは寝そべり、スコープを覗き込む。

狙いは奥の三ポイントに変えたようで、というかどう見てもさっき俺が狙ってたのと同じヤツだ。

ふっ、バカめ……アレに当てて俺にドヤ顔をかましたいのだろうが、あの的は俺でも外したのだ。

貴様程度が当てられるとは思えん。

「おっ、倒れたぞ！」

何⁉

「よし、儂の方が一足早く昇進じゃな！　今からレフィ一等兵と呼ぶように！」

「バカな、三ポイント取られた、だと……⁉」

見ると、しっかり的に当て、吹っ飛ばしていた。

「言葉遣いがなっとらんな、ユキ二等兵！　軍隊とは上意下達の世界、階級が上の者にはしかと敬意を払うことじゃ！」

「二等兵も一等兵も大して変わらんだろうが！　ぐ、ぐぬぬ……いいだろうレフィ一等兵、まぐれ当たりを今の内に喜んでいることだ！　俺はお前とは違う、狙うは上級将校！　先に元帥へと至るのはこの俺だ！」

「そういうことは、一発でも的に弾を掠らせてから言うんじゃな！」

外野がうるさいが、落ち着け、凪《なぎ》の心を忘れるな。

レフィが三ポイント取った以上、俺もまた三ポイントを取らなければ、勝負は辛くなる一方だ。

だが俺は戦士、そう、スパルタン。いやスパルタンはダメだ。凪の心と全然正反対の戦士だ。

俺は……そう、ゴ○ゴ13。強靭《きょうじん》な肉体に、鋼の精神を持つ暗殺者。

この程度の目標、恐るるに足らず。

「見えた！　今！」

俺は、引き金を引き――命中。

が、倒れなかった。

先程のレフィと同じように、掠っただけに終わる。

「んなっ……何だと⁉」

「カカカ！　やはりお主は、二等兵であるようじゃな！　まっこと、じゅーの扱いが下手じゃのぉ！」

「こ、こんなはずでは……な、何故だ⁉」

「どけ、夫二等兵よ。将校に昇進するのは、妻の方が早いようじゃ」

レフィはニヤニヤ笑いながら、呆然《ぼうぜん》とする俺からライフルを奪い取り、次を狙い始める。

マズい、マズい。

このままでは、俺の負けに終わる。それは、認められん。

こうなったらもう、奥の手を使うしか無い、か……！

「そこで見ておれ、射撃とは何たるかを、儂がお主に教えてやる！」

レフィは構え、引き金を――というところで、俺はその耳に息を吹きかけた。

「ふぅー」

「うにゃあっ⁉」

瞬間、バシュンと明後日《あさって》の方向に飛んでいくスポンジ弾。

「おっと、どうしたレフィ一等兵。明後日の方向に弾が飛んでいったが、もっとしっかり狙った方がいいんじゃないか？」

「お、お、お主、妨害有りとは聞いておらんぞ⁉」

「何を言うレフィ！　俺達の戦いは仁義無き戦い！　妨害？　ハッ、それはあって然《しか》るべきものだろうがよ！」

「……そうじゃったな、お主はそういう男じゃった！　いいじゃろう、お主がそういう手で来るのならば、儂もそのように対応するだけじゃ！　覚悟せい、ユキ！」

「フッ、バカめ、レフィ！　俺は凪の心を持つ男だぜ？　お前程度の揺さぶりで精神を乱されるとは思わんことだ！」

「まあお主、儂が何もせんでも今のところ、ぜろぽいんとじゃものな」

「うるさい」

オホンと一つ咳払《せきばら》いし、それから俺は、ライフルをまた構える。

きっと、レフィもまた妨害してくるだろう。

だが問題ない、俺には鋼の精神がある。何が来ても穏やかなまま、対処出来るはずだ。

ちなみに、俺達は最初は普通にやるのだが、途中で負け始めた方がこうやっていつも妨害を始めるので、大体ルール無用の戦いになっていくのだ。

俺からやり始める時もあれば、レフィからやり始める時もあるので、被害者ヅラしているレフィだが実際お互い様である。

俺は、凪の心で精神を落ち着かせ、狙い――ツー、と足の裏を撫《な》でられた。

「うひっ⁉」

くすぐったさに身体を捩《よじ》らせ、そのせいで弾は狙いとは全然違う場所へと飛んでいく。

「おっと、また外したのか、ユキ。やはりお主の腕は、儂と比べれば随分とお粗末なものであるようじゃ！」

「……はーっ！　こんなのハンデだから！　全然問題ねぇわ！　お前、弱過ぎるから、これくらい差があってちょうどいいくらいだろ！」

「おぉおぉ、吠《ほ》えよる吠えよる！　まだ一ぽいんとも取れておらん男が、何か言うておるのぉ！負け犬の遠吠《とおぼ》えとは、こういう時に使う言葉なんじゃろうの！」

「哀れなヤツだなレフィ！　今の内に、そうやって悲しき幻想を抱いているといいさ！」

――まあ、そこからヒートアップするのは、いつものことで。

互いに互いの妨害をやりまくり、全然ポイントは取れないのに、互いの苛立《いらだ》ちポイントだけはどんどん増していき。

聞くに堪えない言い争いをするのが常である。

「ったくお前は！　性根の悪さが溢《あふ》れ出てやがるぜ！　見ろ、このサクヤの顔を！　お前は自分に対して何も思わないのか⁉　息子が悲しんでるぞ！」

「ぬぐっ……⁉」

サクヤを抱えて前に出すと、動揺したような様子を見せるレフィ。

なお、サクヤは遊んでくれてると思ってるのか、きゃっきゃと喜んでいる。

「……ならばお主は、このリウの顔を見よ！　そんな小狡《こずる》いことばかりしおって、父として恥ずかしくないのか⁉　娘も呆《あき》れておるぞ！」

「うぐっ……⁉」

レフィが抱っこするリウの、無邪気な顔を見て、胸に衝撃が走る俺。

俺達の低レベルな争いなど露知らず、楽しそうに笑っている娘の笑顔が、今は直視出来ない。

「……心が痛いから、二人を持ち出すのはやめるか」

「……そうじゃな。そうしよう」

俺達はリウとサクヤを元の位置に戻した後、気を取り直すようにオホンと咳払いし、再びぎゃあぎゃあと言い争いを始め。

その内、リューがやって来て「二人とも、いつまでも散らかしたままにしないでほしいっす。喧《けん》嘩《か》するなら、片付けしてから仲良く喧嘩してくださいっす」とちょっと怒られ、二人で手分けして片付けを行ったのだった。

結局勝敗は、うやむやになってよくわからなくなった。

女神様、アンタがドミヌスと協力して作り上げてくれた世界は最高だ。
ありがとう。

エピローグ　命を気楽に

――居間にて。

俺は、リウとサクヤの二人を抱っこしたまま、玉座に座っていた。

心地《ここち》好《よ》く、じんわりと椅子から、力が流れ込むかのような感覚。

二人の、熱い体温。

俺は、この椅子に座ると元気になるのだが……この子らは、どうだろうか。

魔王の力は継いでいるようだし、同じようにこの椅子に座ったら、力が流れ込んでくるのだろうか。

……ん、そうなってる気もするな。

我がダンジョンは、俺の子供達のことを生まれた時から青点表示に――つまり身内だと判断していて、それに二人は他の家族よりもより俺に近しい存在のはずなので、ダンジョンにいればある程度力が流れ込んでくるんじゃなかろうか。

いつも元気いっぱいだしな。

いやもう、ホントに。

「いばぁ！　うぅ！」

「あうよ、おぉ？」

そんなことを考えていると、リウはご機嫌な様子で、俺の服を引っ張って遊び、サクヤは何に興味を引かれているのか、不思議そうに床へと手を伸ばしている。

リウは、自由に動き回れるようになってから、大体いつもご機嫌だ。

やっぱり獣人の子であるからか、身体《からだ》を動かすことが楽しいらしく、ただハイハイしているだけで笑顔になってくれるので、親としてはありがたい限りである。

ただまあ、そのせいで以前より大分目が離せなくなっているのだが。

いやホント、ハイハイが出来なかった頃は、ただその場でゴロンと転がしていて、ぶっちゃけそのまま放置でも問題なかったのだが、自分で動き回れるようになると、ちょっと目を離した隙に全然違うところにいたりして、ヒヤリとすることがままある。

そうなっても問題ないよう色々工夫はしているが、四六時中気にかけ続けるってのも難しい話だからな。

ここにサクヤが加わるとなった時、どうなるのかがもう、考えるだけで大変だ。

うむ、親の力の見せどころだな。頑張らないとか。

「親、か……はは」

小さく笑みを浮かべる。

今の俺は、自分を表す時に、まず『親』という言葉が出て来るのだ。

そのことを自覚して、少し、面白くなる。

「……なあ、お前ら。父ちゃんなぁ、本当は自分が、父ちゃんになれるなんて、思ってなかったんだ。そうなる自分が、全く想像出来なかったし、自分が人に物を教えられるような上等な存在なのかって思いがあってな。いや、そりゃあ今もそうなんだが」

俺は、笑って二人に話す。

己のコンプレックスを。

抱え続けている思いを。

「ただ、レフィ達がいてくれて。それで何とかやれるかって思って、そこからリウとサクヤが生まれてくれたおかげで……俺は、何とか父親をやることが出来てる。二人がいてくれるから、俺は父親と名乗れるんだ。大変なのはこっからかもしれないが……ま、一緒に、生きることを楽しんでこうや」

――肩ノ力ヲ抜イテ。気楽ニ、命ヲ楽シミナサイ。ソレガ、命アルアナタ達ノ特権。混沌《コントン》タルヒトガ持ツ恩寵《オンチヨウ》。

女神の言葉を思い出す。

生きることは、大変である。

過酷で、辛《つら》いことばかりで、一日を過ごすだけで疲れてしまう。

だが、それでも俺達は、命ある限り、生きなきゃならない。

死ぬまで、生き続けなければならない。

なら、もっと肩の力を抜いて、気楽に構えて。

それでこそ、命を謳歌《おうか》出来るというものなのだろう。

神様達は、一々良いことを言うもんだ。

命というものに掛ける、彼女らの思いの強さが伝わってくる。

真摯《しんし》に生を見詰め、世界に混沌をもたらさんとした彼女らの言葉だからこそ、そこには誰よりも説得力があるのだろう。

「あうぅ！　あう！」

「あんまんま！　んあ！」

「はは、おう、そうだな。俺にそんなこと言われずとも、お前らは十分に、一生懸命に命を謳歌してるか。そういう面は、俺達も見習わねぇとな」

いつでも真面目に、精一杯一日を過ごしているのが、赤子という存在だ。

この子ら以上に、一生懸命生きている存在も、そうそういないだろう。

全く、お前らと過ごしてると、学ばされることばっかりだぜ。

「あうぅよ、ううぅ？」

と、相変わらず何か、床に興味を示しているサクヤ。

「……？　どうした、サクヤ？」

俺は、とりあえずサクヤが求めるままに、腕から降ろして好きにさせてみると、我が息子はこてんと床に転がり、それから四肢を動かし——。

「！　おぉ！」

――ゆっくりと、身体の動きを確かめるように、ハイハイを始めた。

「うあぅ！」

そして、そんなサクヤに触発されたのか、リウもまた「私もハイハイする！」みたいな感じで俺の腕の中でもがき始め、降ろしてやると、サクヤの横で同じようにハイハイを始める。

元気良く動き始める二人。

爆走ハイハイ赤ちゃんズの完成だ。

「はは、リウ、サクヤ！　みんなにお披露目しようか！　――おーい、みんな！　サクヤがハイハイしたぞ！」

動き回る我が子達を横目に、俺は、大声で家族を呼んだ。

特別編　ただいまを一緒に

その日、俺は魔境の森にいた。

一緒にいるのは、イルーナとレフィと、そしてリル。

リルの背中に乗る訳でもなく、ただ三人と一匹、横に並んで、ゆったりのんびりと歩く。

特に、何かをしようという訳ではない。

何となく三人で暇だったので、それなら散歩でもするかと、魔境の森に出て来たのだ。

で、魔境の森に行くなら、せっかくだしリルも呼ぼうということになり、こうして三人と一匹で一緒になった訳である。

「……何だか、俺達だけってのも、久しぶりだな」

「カカ、そうじゃなぁ。もうここのところずっと、一人でいる方が珍しいからのう」

「ねー！　いつぶりかなぁ、おにいちゃん達と、リルとだけ一緒って」

リウとサクヤはお昼寝タイムで、今はレイラとリューが見てくれている。ネルは仕事だ。

学校は無く、ただシィは宿題中で、エンも何か、「むむむ」と唸《うな》りながら彫刻のようなものを彫っていた。

どうやら、美術の宿題らしい。

彼女らの通う幼年学校は、選択授業も多いようで、それでエンは美術系の授業を取ったそうだ。

と言っても、それはシィも取っていて、同じ宿題で作った彫刻を見せてもらったのだが、こう……なかなかの前衛芸術だった。

何と言ったらいいのかわからないが、エネルギッシュな感じはあり、作品名は「『日常』だよ!」とシィが言っていた。

けど、ごめんな、シィ……感受性がそこまで豊かじゃない俺には、どの辺りが『日常』だったのか、あまりわからなかったよ……。

しかし、そんな俺に対してエンは、「……むむ。素晴らしい躍動感!」となんか感動していて、それに触発されて己も素晴らしい芸術を作ろうと思ったらしく、現在頑張っている訳だ。

なお、イルーナはその授業を取っていなかった。代わりに社会史の授業を取っているそうだ。

そのイルーナも宿題はあったようだが、パパッと終わらせてしまったらしく、こうして一緒に散歩をしている。やっぱ頭いいぜ、この子。

というか、あれだもんな。秀才揃《ぞろ》いの羊角の一族の里で、普通に勉強に付いて行けている時点で——いや、話を聞く限り、その中でも上位の成績を取っているようなので、秀才の中でも秀でている方なのではないだろうか。

そう考えると、勉強が難しいと嘆いているシィも別に、年頃の子供達の中じゃあ普通なのかもしれない。エンもどちらかと言えば秀才気味だろうし。

「そういや、シィの作った『日常』……あれ、二人は何だかわかったか?」

「勿論《もちろん》じゃ。全く、お主はわからんかったのか？　保護者として情けないぞ、ユキよ」

「おう、本音でどうぞ」

「いやいや、儂《わし》の本音じゃぞ。あれは……そう、恐らく魔境の森の風景じゃな！」

「ホントかぁ？」

「間違いないの！　むしろ、お主は何だと思ったんじゃ」

「俺は……前衛的なオブジェ」

「それを言ったら何でもそうなるじゃろうが」

俺達の会話に、呆《あき》れたような顔をするイルーナ。

「もー、違うよ。『日常』って付けたところからして……あれは多分、居間のことだよ」

「『居間？』」

「そう、居間。何となくだけどね。シィから見える景色は、あんな感じなんじゃないかな」

……そう言われると、そんな気もしてくるな。

姿形こそヒト種ではあるが、本来シィはスライムだ。

目のように見える部分も、実際には目じゃない。俺達とは、物事の見え方が全然違くとも何らおかしくはないだろう。

……シィに、絵とか描かせたくなってきたな。

戻ったら、あの彫刻をもう一度よく見てみよう。もしかすると、シィのことをもっとわかってやれるかもしれない。

そうすると、衝撃を受けていた感じのエンは、一発でそれがわかったのだろうか。

いや、イルーナもわかっているようだし、やっぱり大人組よりも、彼女らはお互いのことをお互いで理解し合っているのだろう。

いつも一緒にいる訳だしな。

「クゥ？」

「あぁ、シィが学校の宿題で、彫刻作ったんだ。部屋に飾ってあるから、あとで見に来いよ」

「クゥ」

「リル、此奴《こやつ》は親馬鹿での｜。それが何だかわかっておらんくせに、飾り棚を用意しおってな」

「今後、イルーナ達がそういうのを作ったらどんどん溜《た》まってくことになんだ。だったら、必要だろ？」

「……ま、そうじゃの！　今後のことを考えれば、必要か。リウとサクヤが大きくなった時にも、必要になるかもしれんしの」

「だろ？　あの棚が埋まるのが、今から楽しみだぜ」

「うむ、そう言われると儂も楽しみになってきた。前言撤回しよう、良いものを用意したの！」

「……うん、おねえちゃんはおにいちゃんのこと、言えないね。全然」

「……クゥ」

やっぱり呆れたような顔をするイルーナの横で、苦笑を溢《こぼ》すリル。

「リルも、気を付けなきゃダメだよ？　二人みたいな親バカも、大概にしないとね」

「レフィ、言われてるぞ」

「ユキ、お主こそ言われておるぞ」

「……いや、でもリルももう、大概か。リル奥さんからの話を聞く限りだと」

「ク、クゥ!?」

「ははは、残念だったな、リル！　お前はもうこっち側だぜ！」

「そうじゃそうじゃ！　イルーナと一緒に『自分はまともですよ』みたいな顔しおってからに！　お主も儂らと同類じゃの！」

「……ク、クゥ」

「あはは、リルは本当に表情豊かだねぇ」

よしよしといった感じで、イルーナがリルを撫《な》でる。

……イルーナとリルの関係も、昔と比べると、結構変わったもんだ。

元々、リルは己をこの世に召喚したのがイルーナだったということもあって、彼女を立てるところがあった。

子供の無茶ぶりを、ただ苦笑しながら受け入れ、一歩後ろで見守るのだ。

だから、リルも保護者と言ったら、保護者みたいなものだな。

対して今は、保護者らしい顔をリルが見せるが、それ以上にイルーナがすごいしっかりし始めているため、こうやって冗談で振り回されている感じだ。

いや、昔も振り回されていたっちゃあそうなのだが、その頃と今とでは方向性が全然違う。

全く、可愛《かわい》く育ってくれたものである。

拝啓、イルーナのご両親さん。

お二人の娘さんは、元気に可愛く育ってくれていますよ。

安心して、見守ってあげていてくれ。

◇　◇　◇

それからも、三人と一匹で、色んなことを話しながら歩く。

見慣れた森の景色は、少しずつ変化していき、暗くなっていく。

いつの間にか、陽《ひ》は西日となっていた。

ゆっくりし過ぎたので、流石《さすが》にそろそろ帰ろうと、俺達は帰路に就く。

リルとはすでに別れ、近場の扉に向かって歩く。

「……ね、おにいちゃん、おねえちゃん」

「ん？」

「何じゃ？」

「手、繋《つな》いでほしいな！」

ニコッと笑う彼女を見て、俺とレフィは顔を見合わせる。

「はは、おう、いいぞ」

「カカ、お主もまだまだ子供じゃな」

「うん！　子供だから……三人で、並んで歩きたいなって思って！」

左右に伸ばしてくる手を、俺達はそれぞれ掴《つか》む。

小さく、だが昔よりも大きくなった手。

感じる体温。

――紅色に染まる世界。

寄り添い、伸びる、三人分の影。

「んふふ」

機嫌が良さそうに笑うイルーナ。

「どうした？」

「んーん。二人と一緒なのは……やっぱり、いいなって思っただけ」

「そりゃあ……俺の言葉だな。イルーナと一緒なら、何でも楽しいさ。レフィも、おまけでまあ、楽しい枠に入れてやってもいいぞ」

「調子に乗るでないわ、それはこちらのせりふじゃの！」

「はいはい、もー、そこまでね！　二人がそうやって言い始めたら、止まらないんだから。全く、いつも仲良しさんだねぇ、二人は」

笑ってイルーナは、俺達の腕を抱き、前へと引っ張る。

そして、家に帰った俺達は、声を揃えて言った。

『ただいま』

◇　◇　◇

夜。

「ユキ、髪を乾かせ」

「おう、レフィシオスさんや。突然ですね」

「妻の風呂上《ふろあが》りの髪を乾かせるんじゃや、光栄じゃろう？」

「はいはい。ほら、座れ」

「うむ。……ん、良い手付きではないか」

「散々イルーナ達の髪をやってあげてるからな。流石に慣れるさ。お前の髪は失敗してもいいが、あの子らの髪は失敗出来ないし」

「そうじゃな。お主の髪が焦げてチリチリになっても構わぬが、あの子らにそんなことは出来ぬものな」

「はは、おう、だろ？　ま、お前の髪も俺は好きだぜ。綺麗《きれい》な銀髪で、触り心地が最高だし。これからもお前の髪は、俺が乾かしてやろう」

「言うたな？　では、お主には儂の、専属――……専属夫になってもらおう！」

「おう、夫は元々妻専属なんだわ。けど、いいぜ。任せなさい、魔王流スタイリストとして、お前の髪は俺がいじくり回してやろう！」

「……急に不安になってきたの。まあ良い。好きにせい。代わりに儂は、お主の髪をチリチリにしてやろう」

「何故《なぜ》チリチリが前提なのか。普通にやってくれよ、普通に」

「しょうがないのー。我がままな夫じゃ。妻の寛大な心に感謝せぇよ？」

「へへぇ、妻万歳」

「うむ、よろしい」

しばしの無言。

レフィは、心地《ここち》好さそうにユキに身を任せ、ユキは彼女の髪を梳《と》かしながら、ゆっくりと、柔らかな手付きで乾かしていく。

「……なあ、レフィ」

「うむ？」

「イルーナも……立派になったよなぁ」

「そうじゃな。もう、儂らが積極的に面倒を見ておらんでも、自分で物事を決め、動けるようになりおった。大したものじゃ」

「あぁ。今じゃあ、俺達よりしっかりしてるかもな」

「カカ、否定は出来んの。それが、嬉《うれ》しいやら、寂しいやら。あの子らがいったい……どれだけ、

儂らに活力を与えてくれていることか。全く、毎日退屈せぬことよ」

「あぁ、そうだな。……レフィ」

「ん」

「これからも……よろしくな」

「カカ、何じゃ、改まって。よろしくされるまでもないわ。安心せい、お主がどれだけ不甲斐《ふがい》なくとも、お主と共にいてやるさ」

「はは、そうか。ありがとよ。――それよりレフィ、乾かすの終わったぞ」

「うむ。では、次は儂がお主の髪を乾かしてやるから、早く風呂に入って来い」

「髪を乾かすために風呂に入れと言われるのは初めての経験だ」

レフィは笑い、そして、言葉を続ける。

「ユキ」

「あぁ」

「これからも、よろしくの」

「おうよ。仮にお前が『大怪獣レフィシオス』になっても、逃げないで隣にいてやるさ」

「それは助かるの。儂がそれになった暁には、まず真っ先にお主を襲うことにしよう」

「やっぱ逃げるわ」

「逃がさん」

「それはもう明確に目標が俺じゃないか？」

「儂《わし》が大怪獣となる時は、きっとお主が何かやらかした時じゃろうし」

「確かに」

二人の会話は、続く。

ずっと。

ずっと――。

あとがき

どうも、流優《りゅうゆう》です。十七巻をご購入いただき、誠にありがとうございます！

……十七巻って、正直これもう大分頑張ったのでは？　勿論《もちろん》、上には上の方がいらっしゃるのですが、まあまあ結構書いたと言えるのではないでしょうか。二百万字くらいは書いたはずだしね。

最初なんて、「まあ、五巻で打ち切りかな」なんてことを思っていたら、十七巻ですよ、十七巻。

この『魔王になったので、ダンジョン造って人外娘とほのぼのする』の、当初考えていた構想なども、実は十巻くらいまででした。大戦争をやって、それで種族同士の関係が変化して、ちょっと良い方向に向かって大団円！　なんてところまでしか考えていませんでした。

で、とっくにそこを超えて、レフィとリューなんて、子供産んでますからね。リウとサクヤの存在など、本来欠片も考えていなかった訳です。ダンジョンの面々が増えるのはエンで最後だろうと。

こんな、作者の予想を大幅に超えたところまでこの作品を書き続けることが出来たのは、私がそこまで書いたから、ではなく、やっぱり読んでくれる人がいるから、なんですよ。

私一人だけでは、作品世界をここまで広げるなんて、到底不可能でした。いや、本当に。

今巻の内容に関しては、どうにか世界の始まりの場所を書くことが出来ました。「ここまで来たなら、女神ガイアのことも書かないとな」と思っていたので、何とか彼女を出せて良かったです。

私の中にも、神様像というものがあるのですが、ヒトの神様ならば……やっぱり、ヒトのように喜怒哀楽があり、決して完璧《かんぺき》な存在ではないものの、物事の本質だけはよく理解しているんじゃないかなと思っています。こんな神様がいてくれれば、きっと世界は楽しいだろうしね。

一巻の頃と比べて、ダンジョンの皆がどのように成長したのか、というところにも焦点を当てて、書いてみました。そして、変わらない部分も。

ユキとレフィは、きっと今後百年経《た》っても、千年経っても、同じようなことで言い合いをして、同じようなことで喧嘩《けんか》をして、一緒に生きているのでしょう。

そんな二人でいてほしいと、私自身もまた願っています。大きくなった子供達に、呆《あき》れた顔で「またやってる……」と言われてほしいものですね。

最後に、謝辞を。

この十七巻に至るまで、細かいところの全てをやっていただき、私が作品を出すことを可能にしていただいた担当さん。本当に素晴らしく、何度も何度も見たくなるイラストをずぅっと描いてくださっただぶ竜《りゅう》先生。私の作品世界を着実に広げ、原作者の私でもニヤリとしてしまう最高のコミックを描いてくださっている遠野《とおの》ノオト先生。

関係各所の皆様に、この作品を読んでくださった読者の皆様。全ての方々に、心からの感謝を。

それでは、また！　達者でな！　私は死ぬまで作品を書き続けるぞォ！

カドカワBOOKS

魔王《まおう》になったので、ダンジョン造《つく》って人外娘《じんがいむすめ》とほのぼのする 17

2024年3月10日　初版発行

著者／流優《りゅうゆう》

発行者／山下直久

発行／株式会社KADOKAWA
〒102-8177
東京都千代田区富士見2-13-3
電話／0570-002-301（ナビダイヤル）

編集／カドカワBOOKS編集部

印刷所／大日本印刷

製本所／大日本印刷

●お問い合わせ
https://www.kadokawa.co.jp/（「お問い合わせ」へお進みください）
※内容によっては、お答えできない場合があります。
※サポートは日本国内のみとさせていただきます。
※Japanese text only

ISBN 978-4-04-075350-8 C0093